Gerd Fitz

Fitz nochmal!

Gedichte und Geschichten von Gerd Fitz, Hans Fitz, Walter Fitz, Christl Fitz und Lisa Fitz

Bildnachweis:

Seite U1 (Gerd Fitz), 1, 7, 41, 74, 86, 87, 88, 89, 95 (Katharina u. Christl Fitz), 113 (Gerd, Katharina, Christl; Paulinus), 125, 128: Ingrid Theis, www.ingrid-theis.de
Seite 100: Photographer Manfred Baumann, www.manfredbaumann.com
Seite 112, 113 (Gerd Fitz): A-way!/Werner
Seite 103, 110, 111: Dankwart Bette
Seite U1 (Lisa Fitz), 105, 107, 108, 109: Media Press, www.media-press.de
Seite 122: Paul Bronisch, Krippenfigur
Alle übrigen Fotos: Privatarchiv der Familie Fitz

Bibliografische Information der Deutschen Nationalbibliothek:
Die Deutsche Nationalbibliothek verzeichnet diese Publikation in der Deutschen Nationalbibliografie; detaillierte bibliografische Daten sind im Internet über http://dnb.d-nb.de abrufbar.

Grafik: Dagmar Rogge, dagmar.rogge@t-online.de
Redaktion + Satz: Dr. Alexander Bronisch, Warngau
Druck: Mayr Miesbach GmbH, DRUCK – MEDIEN – VERLAG
Am Windfeld 15, 83714 Miesbach

1. Auflage 2006

ISBN-10: 3-939813-00-1
ISBN-13: 978-3-939813-00-2

Erschienen im Verlag von Dr. Alexander Bronisch, Con-Text,
Heigenkam 1, 83627 Warngau, Tel.: 08021-909147,
Fax: 08021-909584, E-Mail: info@con-text.biz

Gerd Fitz

Fitz nochmal!

Gedichte und Geschichten von Gerd Fitz,
Hans Fitz, Walter Fitz, Christl Fitz und Lisa Fitz

CON-TEXT
Dr. Alexander Bronisch

Inhaltsverzeichnis

Vorwort

„Überall, wo man hinkommt, trifft man auf einen Fitz“, hat mein Kollege, der bayerische Schauspieler Maxl Graf, einmal gesagt. Ganz unrecht hatte er damit nicht. Denn es ist ja bekannt, daß die Familie Fitz zahlreiche Schauspieler und Musiker hervorgebracht hat. Aber daß nicht nur mein Vater, Hans Fitz, sondern auch meine Nichte Lisa Fitz, mein Bruder Walter und ich – nicht zu vergessen meine Frau Christl Fitz! – hin und wieder als Autoren tätig sind, ist weniger bekannt. Diese „Wissenslücke“ möchte ich mit diesem Buch schließen.

Der Begründer der Künstlerfamilie Fitz war mein Vater Hans Fitz. Er hat die Begabungen seiner Kinder (wir waren sechs) stets gefördert. Bei Familienfesten beispielsweise gab es die Tradition, ein Gedicht oder eine kleine Geschichte aus eigener Feder vorzutragen. Damit hat mein Vater in mir und meinen Geschwistern die Lust am Schreiben geweckt.

Jeder hat natürlich seinen eigenen Stil entwickelt und schreibt seine Texte auf bairisch oder hochdeutsch, heiter oder besinnlich, kurz oder lang… Aber eines haben alle Werke gemeinsam: Sie sind unverwechselbar und unterhaltsam. Und genau das will dieses Buch bezwecken: Es möchte den Leser unterhalten – und nebenbei ein wenig über die Künstlerfamilie Fitz informieren. Deshalb finden Sie Kurzbiographien zu jedem der hier mit ihren Texten versammelten Autoren. Und außerdem gibt es am Ende des Buches auch einen kleinen Stammbaum, der erklärt, wie wir „Fitzens“ miteinander verwandt sind.

Ich selbst finde die Ideen zu meinen Gedichten und Geschichten vorwiegend im Alltag. Jeder von uns gerät immer wieder in unfreiwillig komische Situationen. Ich verarbeite diese Erlebnisse nicht selten in einem Gedicht. Vielleicht ist dies auch eine der Eigenschaften, die uns Mitglieder der Familie Fitz miteinander verbindet: eine gute Beobachtungsgabe gepaart mit einem recht trockenen Humor. Und natürlich liegt uns allen die bairische Sprache und Kultur am Herzen. Genau das möchten wir Ihnen nebenbei vermitteln, ohne zu volkstümeln oder allzu „krachert“ zu sein.

Ich wünsche Ihnen im Namen aller in diesem Buch genannten „Fitzens“ eine unterhaltsame Lektüre und kurzweilige Stunden mit diesem Buch.

Herzlichst Ihr

Gerd Fitz

Gerd Fitz

Schon mit 16 Jahren stand Gerd Fitz zusammen mit seinem Vater Hans Fitz auf der Bühne. 1950 gründete er zusammen mit seinem Bruder Walter Fitz und dessen Frau Molly das Musikal- und Gesangstrio „Fitzett". 1956 trennten sich die Brüder und Gerd Fitz begann seine Karriere als Solist und Schlagersänger. Lieder wie „Tulpen aus Amsterdam" und „Volare" sind heute noch vielen Menschen als bekannte Melodien im Ohr. Gleichzeitig gastierte Gerd Fitz als Entertainer bei Veranstaltungen und Firmenfesten.

Seine Schauspielerkarriere begann Gerd Fitz in dem Theater „Die kleine Freiheit" in München. Der Intendant Eduard Loibner vom damaligen „Volkstheater" verpflichtete ihn für die Rolle des „Schwaigl" in Ludwig Thomas „Lokalbahn". Am Stadttheater Memmingen spielte er in „Die Pfarrhauskommödie" von Heinrich Lautensack den „Pfarrer Achatz". Zu seinen größeren Rollen gehört der „Dusterer" in dem bayerischen Klassiker „Der G'wissenswurm" von Ludwig Anzengruber, der auf der Freilichtbühne in Wunsiedel gegeben wurde. Einen besonderen Erfolg konnte er, engagiert von einem schweizerischen Tourneetheater, zusammen mit dem „Boandlkramer" Toni Berger in dem berühmten Stück „Der

Brandner Kasper schaut ins Paradies“ in der Inszenierung des Autors Kurt Wilhelm verbuchen. Gerd Fitz spielte die Hauptrolle, den „Brandner“.

Auch das Fernsehen kam auf ihn zu. Zu seinen bekanntesten Rollen gehören der Diener Felix in „Die Wiesingers“, die Geschichte einer Münchner Brauerfamilie, und die Rolle des Polizeikommissärs Grüner in dem bayerischen Fernsehklassiker „Die Löwengrube“. Über die Grenzen Bayerns hinaus wurde Fitz außerdem durch seine jahrelange Mitwirkung in „Forsthaus Falkenau“ bekannt. Besondere Popularität erwarb er sich durch seine Politikerparodien beim Starkbieranstich auf dem Nockherberg. Hans-Jochen Vogel, Hans-Dietrich Genscher, Max Streibl und Hans Zehetmair waren seine Glanzrollen.

Nun, im reiferen Alter, läßt es Gerd Fitz etwas ruhiger angehen. Ab und zu spielt er noch in Fernsehproduktionen. Vor allem Literaturlesungen sind es, mit denen Gerd Fitz sein Publikum begeistert, oft zusammen mit seiner Tochter Katharina, die ebenfalls den Schauspieler- und Moderatorenberuf ergriffen hat und somit der Familientradition treu geblieben ist. Zu den Höhepunkten gehören die „Heilige Nacht“ von Ludwig Thoma, die er im gewachsenen altbairisch Dialekt dezent zu präsentieren versteht, sowie sein Programm „Bairische Schmankerl in Poesie und Prosa“, ein bunter Strauß von heiteren und besinnlichen Geschichten und Gedichten bairischer Autoren, mit dem er die bairische Seele mit all ihrer Hintergründigkeit den heutigen Menschen nahebringt.

Ausramma

Der kloane Maxl – wia's so geht –
kommt in sei Schui amoi z'spät.
Kurz nach de Weinachtsfeiertag,
was der Herr Lehrer gar nicht mag.
„Ja Maxl?", fragt der Lehrer streng,
„warum so spat – wos is denn gscheng?"
„Am Hof hat's brennt, Herr Lehrer, mei,
da kann ma ned so pünktlich sei!"
Da Lehrer sagt: „Des glaub i scho,
bloß gestern warst' no spader dro!"
Da moant er brav – mit reinem Gwissn:
„Da hamma doch ausrama müaßn!"

Geliebte Luise

Eine Frau, so Mitte dreißig,
häuslich, treu und auch sehr fleißig,
hörte einst – sie war ganz wach –,
wie ihr Mann im Traume sprach.
Zärtlich hauchte er: „Luise,
mein kleine, wilde Süße!“
Gleich am nächsten Tag, oh Schreck!,
war die Frau ganz einfach – weg!
Ach, wie tat er’s ihr verübeln,
trank den Whiskey nur aus Kübeln,
suchte da und suchte dort…
Doch sein liebes Weib war fort!
Die Moral von der Geschicht’,
die jedoch begriff er nicht.
Lieber Ehemann, drum wisse:
Hauchst im Traume du „Luise“,
daß das niemals gut ausgeht,
heißt dein Weib – Elisabeth!

Da Bichlbauer

Da Bichlbauer muaß in d'Stod,
weil *sie* Theaterkarten hod.
Am zwoatn Weihnachtsfeiertag,
wo er zum Eisstockschiaßn mog.
Er hat recht gmosert – sie war stur.
„Mir dean jetzt wos für die Kultur!
Des Stück, in des mir einigeh,
des is zwar traurig, aber schee.
I glab,des is a so a Thriller.
Und gschriebn hat des – ein Herr Schiller!"

Für'n Bichlbauer war des neu,
drum schaugt er umanand recht scheu.
Dann schaugt er gspannt und fasziniert,
was auf der Bühne ois passiert.

De Schauspieler ham sich sehr plagt.
Der Held – der stirbt im letzten Akt!
Da muaß da Bichlbauer woana
und duad se an sei Frau oloana.
Sie hat Verständnis, weil s' des kennt
und weil sie selber meistens flennt.
Und wia da letzte Vorhang fallt,
da wischt er sich die Augen halt
und geht mit leicht verwirrtem Sinn
zum nächsten Logenschließer hin.

„Entschuldigens', i wollt was fragn.
Sie könna mir doch sicher sagn,
der Mo, der gstorbn is so jung,
wann is'n da d'Beerdigung?"

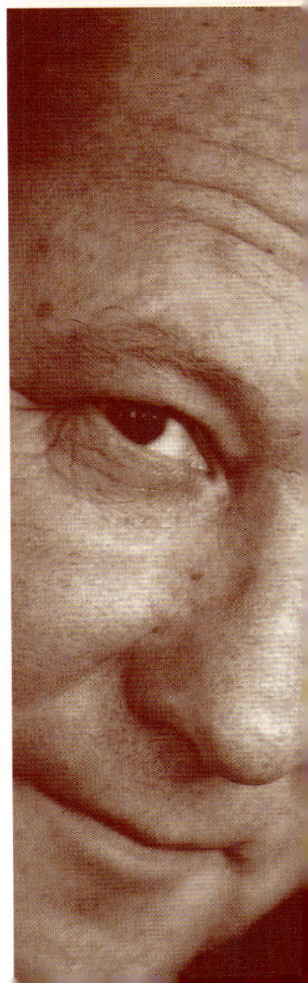

Das Experiment

Da Lehrer Schnapauf sagt: „Die Jugend
hat koa Moral mehr und koa Tugend.
Wenn s' in da Oberklass scho raucha
und Bier und Schnaps zum Wohlsei braucha.
Na essen s' no zvui Schokolad
und werdn dick, des is doch fad!
Deswegen dua i's jetzt probiern
und ein Exempel statuieren.

Da stell i jetzt vier Glasl hin.
Im ersten is a Schoko drin.
Im zwoatn Zigarettenrauch,
im dritten Schnaps, den brauch ma auch.
Des vierte Glasl, des is „clean".
Da is, auf deutsch gsagt, garnix drin!
In jedes Glasl – des muaß sei –,
da dua i jetzt an Regnwurm nei.
Und nacha – Buama, jetzt passt's auf! –
kimmt auf a jeds a Deckl drauf."

De Schüler glotzen fasziniert:
Was wohl mit jedem Wurm passiert?
Im Schnaps und Zigarettenrauch,
im Schokoladenglasl auch,
da war a jeda Wurm glei hin,
ganz nach des Lehrers bravem Sinn.

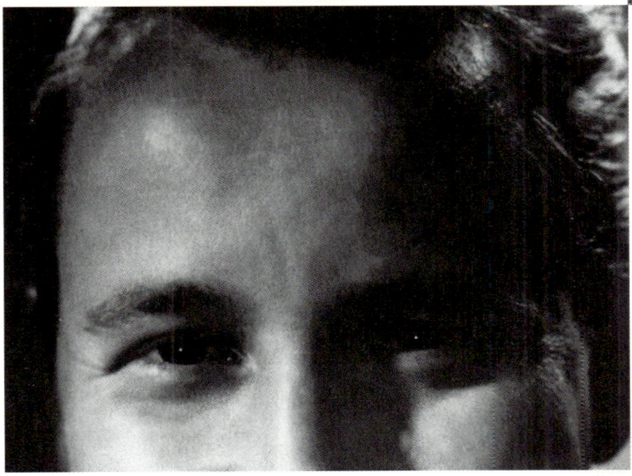

Bloß in dem Glasl Nummer vier,
da hat der Wurm no glebt – und wia!
Herr Schnapauf sagt: „Was lernt man nun
aus dieser Demonstration?"
Da hebt ein Schüler schnell die Hand:
„Herr Lehrer, i hob des erkannt.
Solang ma so vernünftig ist
und trinkt und raucht und Schoko frißt,
hast' koane Würmer – is doch klar!"
Was damit zu beweisen war!

Oa „Maß" zvui

Ein „Bierausstoß" – so nennt ma des,
is für die Brauereien oft Streß.
Weil jeda üba d'Feiertag
sei Tragl Festbier gliefert mog.
Ein Bierfahrer, so wiama's kennt,
hat mit seim Bierwagn sich darennt.
Er hat as Steuer umegrissen.
Na hat's 'n in an Grabn neigschmissn!
De Biertragl hat's obeghaut.
De Polizei hat grad so gschaut.
Den Bierfahrer hat's ned geniert,
es is eam nämli nix passiert.
Er hat verteidigt sich vor'm Gricht
mit ganz am unschuldigen Gsicht.

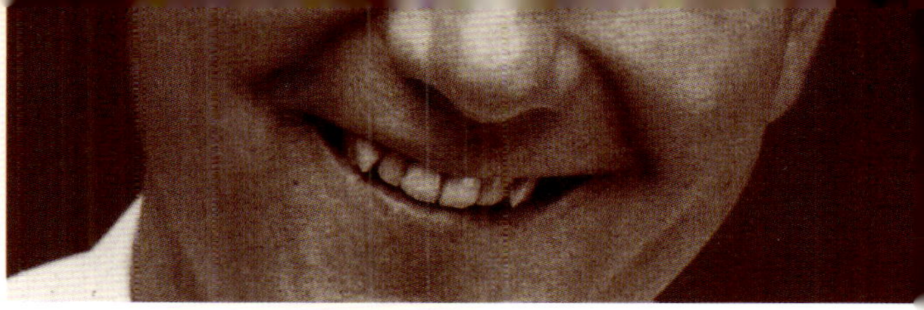

Der Richter sagt: „I hob des Gfui,
des war wahrscheinlich oa Maß zvui!"
„Na, na – de ganze Arbat hat ma gstunga.
Drum hob i bloß no Wasser drunga!
Wia vui des war, des is mir wurscht!
Des Traglschleppa macht an Durscht!"
„Geh, hörn S' doch auf – a Wasser – Sie?
Das glaub ich ihnen niemals nie!"
„Herr Richter – da sag ich nur eins:
A Kirschwasser is ganz was feins!"

Hans Fitz

Die Ahnen der bayerischen Künstlerfamilie Fitz hatten „anständige", gediegene Berufe wie Lehrer und Pfarrer. Der Begründer der Künstlertradition, der die leichte Muse in die Familie brachte, war Hans Fitz. Er zählte in der Chronik der Münchner Kammerspiele aus den Vorkriegsjahren zur Elite bayerisch-volkstümlicher Darsteller.

Hans Fitz wurde 1891 in Neustadt an der Orla geboren. Sein Vater, ein Rheinpfälzer, war Ingenieur und viele Jahre Betriebsleiter der Isartalbahn in München-Thalkirchen. Seine Mutter stammte aus Passau, wo ihr Vater als Domkapellmeister wirkte. Seine Kindheit verbrachte Hans Fitz jedoch in München. Dort machte er auch das Abitur und schrieb sich auf Bitten seiner Eltern für den Studiengang Architektur an der Universität ein. Seine eigentliche Leidenschaft aber war die Schauspielerei. Heimlich nahm er nebenbei Schauspielunterricht. Die Lust am Spielen konnte ihm auch der Kriegsdienst und die darauffolgende Gefangenschaft nicht nehmen.

Nach dem Ersten Weltkrieg machte er aus der Not heraus sein Hobby zum Beruf. Er verließ seine bayerische Heimat und fand an der Pfälzischen Landesbühne ein Engagement. In diese Zeit fiel auch seine Hochzeit mit Ilse Heirich, einer

Nichte des Kammersängers Heinrich Knote. Einer Familienanekdote zufolge soll sich Hans Fitz bereits vor Kriegsbeginn in die damals zwölfjährige bildhübsche Ilse verliebt und ihr versprochen haben, sie nach Kriegsende zu heiraten.

Hans Fitz machte sich bald als Künstler selbständig und gründete ein, wie er es nannte, „Humorgeschäft“. Gemeinsam mit Ehefrau Ilse, die ausgebildete Opersängerin war, tourte er jahrelang als Rezitator und Sänger mit Vortragsabenden durch die Lande. Sein Repertoire umfaßte 800 Lieder und Verse aus verschiedenen Zeitepochen.

Doch in Hans Fitz steckte mehr. Sein erstes Bühnenstück, „Josef Filser“, wurde ein solcher Erfolg, daß es die damals kurz vor der Schließung stehenden Münchner Kammerspiele vor dem finanziellen Ruin rettete. Über 50 ausverkaufte Vorstellungen des „Josef Filser“, in denen er auch selbst als Schauspieler auftrat, standen auf dem Spielplan. Der unglaubliche Erfolg des Stückes brachte ihm Aufträge für weitere Bühnenstücke ein. Elf Uraufführungen fanden in München statt. Erfolge feierte er unter anderem mit „1a in Oberbayern“, das zweimal verfilmt wurde, mit „Kinder, Kinder“, mit „Die beiden Stacherl“ und mit „Iphigenie in Moosing“. Vor dem Zweiten Weltkrieg zählte Hans Fitz zu den meistgespielten Lustspielautoren Deutschlands.

Darüber hinaus verfaßte Hans Fitz zahlreiche Märchenspiele, Geschichten, Gedichte, Romane („Der Loisl vom Adler“, „Das Mädchen vom Jungfernsprung“, „Der Maibaumkrieg“)

und 23 Drehbücher. Auch auf der Leinwand war er in zahlreichen Produktionen als Schauspieler zu sehen.

Nach dem Zweiten Weltkrieg hatte es Hans Fitz – wie alle seiner Generation – zunächst schwer. Er hat noch einige Stücke und Drehbücher geschrieben wie zum Beispiel „Amalie Hohenester, die Kurpfuscherin von Deisenhofen“, die wahre Geschichte einer Heilerin, die ungeheuren Zulauf hatte und viel Geld verdiente, aber keine Anerkennung fand. In der ersten Fernsehfassung dieses Theaterstücks spielte Maria Schell die Hauptrolle. Das Stück wird heute noch gerne von verschiedenen Bühnen gespielt.

Hans Fitz starb 1972 im Alter von 81 Jahren in Krailling bei München. Das künstlerische Talent haben er und seine Frau Ilse fast allen ihren Kinder und Enkelkindern vererbt: Walter, Gerd und Veronika, seine Enkel Michael und Katharina und sein Urenkel Nepomuk Fitz haben diese künstlerische Begabung in ihren Berufen als Schauspieler und Musiker verwirklicht.

Als mir Ludwig Thoma seine Zeitung schenkte

Oft habe ich Ludwig Thoma, als ich noch Gymnasiast und Student war, auf der Straße und in Lokalen gesehen und sein versäbeltes Gesicht mit verhaltener Liebe angestarrt. Aber einmal bin ich mit ihm in wirkliche „Tuchfühlung" gekommen und: So simpel die Geschichte ist, sie hat sich fester ins Gedächtnis geheftet als vieles andere, was wichtiger schien.

Es war anno Fünfzehn. Als verwundet gewesener Vizefeldwebel des Leibregimentes hatte ich keinen allzu strengen Dienst in der Arnulfkaserne. Manche Vormittagsstunde blieb frei für einen Frühschoppen im „Franziskaner". Da saß ich nicht hinten im „Neubau", sondern vorn, im „Darm", neben

dem Kutschertisch. Dort war immer die Möglichkeit gegeben, daß einer der Lieblinge kam: der Thoma, der Waldau oder der Steinrück.
Da saß ich nun einmal ganz allein am langen Tisch, und da kam Ludwig Thoma herein. Er sah sich suchend um und setzte sich, obwohl doch sonst noch viel Platz war, dicht neben mich an die Wand; so dicht, daß unsere Ellbogen sich berührten.
Er sagte kurz und nicht eben freundlich: „Grüaß God!", bestellte ein Essen und zog dann die „Neuesten" heraus.
Wie gebannt blieb ich sitzen, obwohl ich im Begriff gewesen war zu gehen und auch schon bezahlt hatte. Aber ich mußte diese herrliche Nähe auskosten und vielleicht ... vielleicht spricht der dich an, hoffte ich.
Das Essen kam. Thoma faltete die Zeitung zusammen, sah mich kurz von der Seite an und sagte: „Mögns' die Zeitung?" Ich hätte nun „Jawohl, Herr Doktor!" oder „Jawohl, Herr Thoma!" sagen, in meinen Blick alle Liebe und Verehrung legen und ihm deutlich zeigen können, daß ich wohl wußte, wer da neben mir saß.
Aber ich nahm die Zeitung – die ich übrigens schon gelesen hatte – und sagte so kurz und gleichgültig wie er: „Ja, dank schee!", was Thoma sichtlich auch ganz in der Ordnung fand. Während ich mich scheinbar in die Zeitung vertiefte, kam das Essen. Die Kellnerin hatte vergessen, eine Gabel beizulegen, und Thoma schrie sie, ernstlich böse, an: „Was is denn mit da Gobi? Soll ich vielleicht mit die Händ fressn?" Worauf die Kellnerin erschreckt sagte: „Entschuldigens' scho, Herr Dokta. Glei bring i Eahna oane." Nach dem

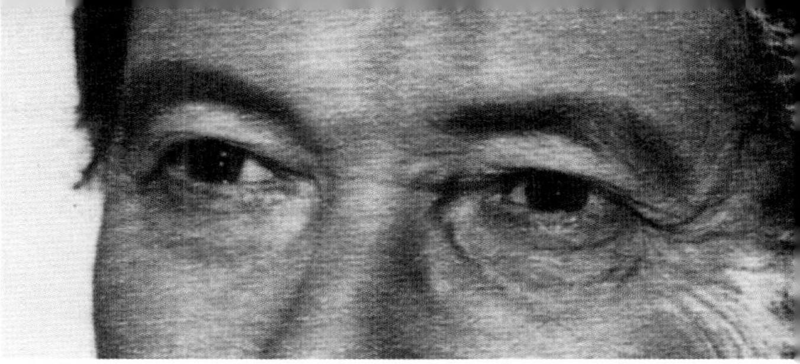

Essen kam ein bäuerlich gekleidetes Paar. „Seid's endli do", sagte Thoma „Hockt's enk her."
Und nun hoffte ich, aus nächster Nähe eine bedeutsame Unterhaltung eines berühmten Schriftstellers zu hören. Aber Thoma unterhielt sich mit der Frau des Bauern eine halbe Stunde lang darüber, wie man Pfannkuchen macht.
Immer wieder lockte er sie durch ein interessiertes „Oiso, wia is na des?" zu eingehender Schilderung, daß „da Doag vom Löffi laufn" müsse, daß „ma erst mit'm Rührn aufhörn derf, wenn Blosn kemma" und daß „ma ned z'vui Doag auf amoi in d'Pfann doa derf." Zwischendurch erzählte er von seinen Versuchen auf der Jagdhütte, daß „da Doag lauta Baz war", was allseitiges Lachen hervorrief.

Thoma machte sich bei dem Gespräch Notizen. War ihm wirklich so viel daran gelegen zu lernen, wie man Pfannkuchen macht? Oder wollte er nur immer wieder die Schilderung durch die Bauersfrau hören?

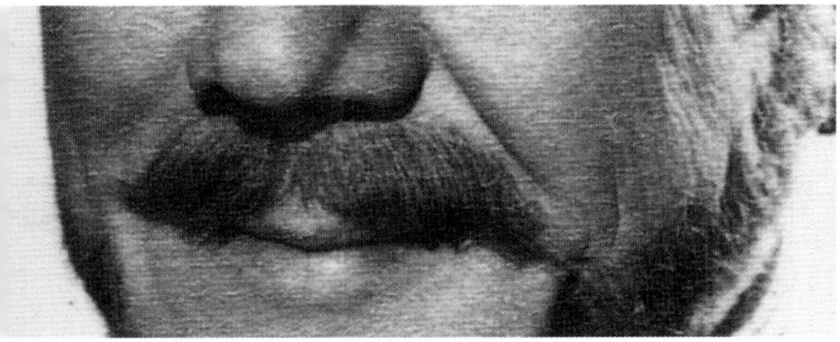

Die Zeitung, die mir Thoma damals schenkte, habe ich noch lange gehabt. Sie ist mir in der Nachkriegszeit, wie so manches andere, verlorengegangen.

Eine Münchner Faschings-Ballade

Des war a so: I war a Ritter
und sie war oane aus Hawai.
Und außerdem war no a Dritter
als Kaiser Nero aa dabei.

Mir ham uns recht schee zsammagfundn,
ham tanzt und busselt, gsunga, glacht.
Na san de zwoa ganz schnell verschwundn,
und furt bliebn sans die halbe Nacht!

Aus lauta Wuat hab i na gsoffa.
Wia s' kemma san, pack i s' beim Kragn!
Sie hab i gwatscht – und ned schlecht troffa!
Den Nero hab i halb derschlagn.

Sie hat mir's gar ned übi gnumma
und hat si wieder zuawi gsetzt.
Der ander, der is nimma kumma.
No ja, er war ja schwer verletzt.

Na is erst richti zünfti worn!
Koa Faschingsfest war so vui schee!
I war verliabt bis über d'Ohrn –
auf oamal kann i nimma steh!

Sie hat si bei mir einighackelt,
denn i, i war ja restlos blau.
So samma mitnand hoamzua gwackelt –
und heut is sie scho lang mei Frau!

Mir lebn recht guad und aa vergnügt zsamm!
Blos druckt mi: I woaß ned ganz gwiß,
ob unser Bua, den mir na kriagt ham,
ned doch vom Kaiser Nero is!

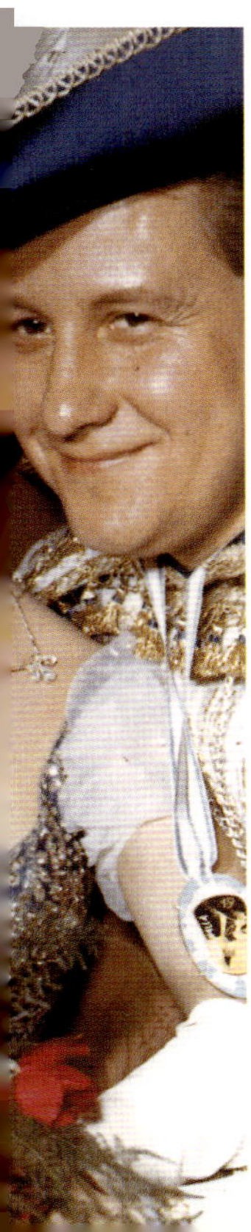

Gerd Fitz 1959 als Narrhalla-Faschingsprinz Wastl I. von Sing-Sing zusammen mit Prinzessin Marianne.

Im Wirtshausgarten

Im Wirtshausgarten sitzt beim Bier
a Münchner – ’s war hübsch heiß.
Ihm gegenüber sitzt am Tisch
A Fremder – ’s war a Preiß!

Der Münchner trinkt sei Bier schee staad
und ißt dazua a Lüngerl.
Der Preiß bstellt bei der Kellnerin
koa Bier, na, bloß a Springerl!

Der Münchner denkt sich:
Ja gibts des aa – es is zum Haarausraufn!
Wia kann ma statt dem guadn Bier
an solchen Plempe saufn?

Und wia da Preiß de Flasch aufmacht,
da duad's an lauten Zisch
und 's Wasser spritz in hohem Bogn
zum Münchner über'n Tisch,

spritzt eam ins Gsicht und aa aufs Gwand.
Der Preiß, der springt glei auf:
„Bitt' vielmals um Entschuldigung!",
und macht sei Buckerl drauf.

Der Münchner aber lacht und sagt,
duad nach'm Schneiztuach glanga:
„Macht nix, es is ja nix passiert –
ins Mai is ja nix ganga!"

Weinzierls Rettung und Aufstieg

… eine wahre Münchner Geschichte

Auch ein Friedhof kann neues Leben fördern, wie die Geschichte des Jakob Weinzierl zeigt. Jakob hatte sein kleines „Alpenhotel“ nicht mehr halten können und war schlau genug gewesen, mit dem Rest seines Geldes eine Wirtschaft in München, in der Nähe des Ostfriedhofes, zu pachten.
Aber das Geschäft wollte auch hier nicht blühen, obschon Frau Resi vorzüglich kochte und auch das Bier „gepflegt“ war. Mit steigender Beklemmung fühlte Jakob, daß etwas geschehen müsse.

Eines Tages ging er sinnend und grübelnd am Ostfriedhof vorbei. Durch den Eingang gingen Menschen in Scharen! Jakob zog schmerzende Vergleiche mit der öden Pforte seiner Wirtschaft. „Da wenn auch so ein Verkehr herrschen

würde...!" Er kam an einer Gruppe Leidtragender vorbei, die auf die Trambahn warteten und hörte, wie ein Mann sagte: „Was mach ma jetzt? Wo geh ma hi?"

Die aufgefangene Frage ging dem Jakob nicht mehr aus dem Sinn. Die Leute waren sichtlich von auswärts gewesen, kannten sich in München nicht aus. Und wie viele kamen täglich von da und dort, um lieben Verwandten auf ihrem letzten Weg das Geleit zu geben. Und ist nicht die trübste Feier im Menschenleben für viele die einzige Gelegenheit, um nach Jahren der Trennung Schwester und Bruder, Onkel oder Nichte wiederzusehen und sich mit ihnen auszusprechen?

Jakob war nicht schnell von Begriff und auch seine Phantasie bewegte sich nur langsam und bierschwer. Aber die Not kurbelte den Motor seines Geschäftsgeistes an und die Fülle der Möglichkeiten, die sich da plötzlich vor ihm auftat, brachte ihn auf Touren. Als er zuhause ankam, war sein Plan gefaßt.

Frau Resi war sehr erstaunt, als ihr Mann am nächsten Morgen den Gehrock aus dem Kasten langte und sorgfältig seinen Zylinder bürstete. „Was hast du denn? Wo willst' denn hin?", fragte sie verwundert. „Is wer gstorbn?" Da bekam sie nur die rätselhafte Antwort: „Jeden Tag sterben s'! Jeden Tag!"

Weinzierl schritt fest entschlossen zum Ostfriedhof. In der Aussegnungshalle studierte er sorgfältig die Liste der Beerdigungen. Da war für neun Uhr die Bestattung der Frau Creszenzia Kottmeier, Schmiedmeistersgattin aus Dingolfing, festgesetzt. Dingolfing! Da waren die Voraussetzungen gegeben.

Jakob sah sich in der Halle um. An einem der Glasfenster hinter denen die Toten zwischen Lorbeerbäumen in ihren Särgen ruhten, stand ein Häuflein Trauernder. Über dem Sarg hing ein Schild: Creszenzia Kottmeier. Jakob stellte sich neben die dicke Frau, die vor dem Glasfenster still in ihr Taschentuch schluchzte und sich zwischendurch geräuschvoll schneuzte. Sein Herz klopfte nun doch etwas schneller, als er, mit ernstem Blick auf den Sarg sehend, murmelte: „Die arme Frau Kottmeier! Wer hätt' des denkt!“ Die dicke Frau schneuzte sich wieder und fragte dann leise und stockend: „Ham Sie s' ... auch kennt ... die gute Zenzi?“ Jakob versuchte viel Schmerz in seine Stimme zu legen. „Freili, freili, aber früher“, fügte er vorsichtig hinzu.
„Vor acht Tagen ham wir s' reinbracht in die Klinik, aber es war schon z'spät.“

Hans Fitz als König Max II. im 1955 gedrehten Film „Königswalzer“.

„Ja, ja." Jakob seufzte. „Wenn ma s' früher reibracht hätt..."
„Ja, mein Gott", entschuldigte sich die Frau, „wer hätt denn an Krebs denkt?"
„Ja, der Krebs!" In dieses Wort legte Jakob die ganze Gefährlichkeit dieser tückischen Krankheit. „Der Krebs hat's in sich." Und unvermittelt fügte er die Frage hinzu: „San die Herrschaften alle aus Dingolfing?"
„Die meisten", gab die Frau bereitwillig Auskunft. „Wissen S', wir hätten s' schon nach Dingolfing überführen lassen, mei Schwester, aber wir ham hier a Familiengrab. Und eine Überführung is ja glei soviel teurer."
„Freili", bestätigte Jakob. „Des kost ned weni!"

Zwei uniformierte Friedhofsdiener kamen, zogen den Sarg hinaus. Jakob schritt ernst und würdig mit der Gruppe der Hauptleidtragenden, zu denen er nun fraglos gehörte. Aus der kurzen Ansprache des Pfarrers erfuhr er am Grabe alles Nötige über das Leben der braven Creszenzia. Man muß zur Ehre des Menschen Weinzierl sagen, daß bei dieser Rede des Pfarrers die geschäftlichen Absichten zeitweise in den Hintergrund traten. Als er der toten Frau Kottmeier drei Schäufelchen mit Erde polternd auf den Sarg warf und den Angehörigen in stummer Anteilnahme die Hand drückte, da war sein Schmerz wirklich echt.
Er ging mit den Angehörigen vom Grabe fort. Die Trauer lockerte sich, der Sinn wandte sich wieder dem Leben zu, das mit Autohupen und Trambahngeklingel von den Straßen hereintönte. Wie von selber tauchte die Frage auf, was man unternehmen und wo man sich ein wenig restaurieren könne.

Jakob bemerkte bescheiden, daß er hier in der Nähe eine kleine Wirtschaft wüßte, wo man sehr gut und preiswert essen könne und wo es auch ein gutes Bier gebe. Da ein fester Plan nicht vorlag, folgte man willig seiner Anregung. Frau Resi machte große Augen, als plötzlich ein Dutzend Leute sich am hellichten Vormittag in ihre leere Gaststube drängten. Aber als ihr Jakob pfiffig zublinzelte, begriff sie sofort. Bald prasselte lustig das Feuer im Küchenherd, Würste flogen in den Hafen, Bier und Brezn standen im Handumdrehen auf dem Tisch. Die Unterhaltung kam in Schwung und den Dingolfingern gefiel es so gut, daß sie über Mittag blieben und sich das gute Essen der Frau Resi trefflich schmecken ließen. Erst nach dem Kaffee erhob sich der Schmiedmeister leicht schwankend und meinte, daß es nun Zeit zum Zug sei.

Wenn auch in der Folge mit dem „Schleppdienst" vom Ostfriedhof nicht immer alles so glatt ging wie bei den Dingolfingern, so war Jakob Weinzierls Existenz doch gerettet. Und eines Tages konnte er seine Wirtschaft am Ostfriedhof mit einem großen Gasthof in der Innenstadt vertauschen, der nicht in der Nähe eines Friedhofes lag. Jedes Jahr aber zieht Jakob seinen Gehrock an und legt mit dankbaren Gefühlen einen schönen Kranz auf dem Grabe der Frau Creszentia Kottmeier nieder. Und dabei bittet er jedes Mal den lieben Gott, er möge ihm den kleinen Schwindel verzeihen, der ihm so viel Vorteil gebracht, durch den doch aber niemandem Schaden zugefügt wurde, weil Frau Resi wirklich gut kochte und nur reine Landbutter verwendet.

Die schöne Babett

Als der alte Meßtaler, der Juwelier, gestorben war, eilten die Verwandten in Haufen herbei. War doch kein Weib, kein Kind, weder Bruder noch Schwester da, die all die Kostbarkeiten hätten einstreichen können. Als aber das Testament eröffnet wurde, brachten sie den Mund nicht mehr zu vor zornigem Staunen. Den ganzen Laden mit seinen tausend wertvollen Sachen und Sächelchen hatte der alte Junggeselle einem Mädchen von 18 Jahren vermacht, der Babett Schöpflin, die mit ihm weder verwandt noch verschwägert gewesen.

Nun war die Babett mit Abstand das schönste Mädchen in der Stadt. Und manche ihrer Geschlechtsgenossinnen, junge und alte, die von der Natur nicht mit so viel Gaben bedacht worden, hätten der Babett gerne sonst was angehängt, um ihre Vorzüge etwas auszugleichen. Aber da war nichts zu machen! Jedermann im Städtchen wußte, daß die Babett mit den Reizen ihrer Erscheinung auch selten gewordene Tugend verband. Wenn sie rank und schlank durchs Städtchen ging, freute sich jeder, der kein böses Herz hatte, daß

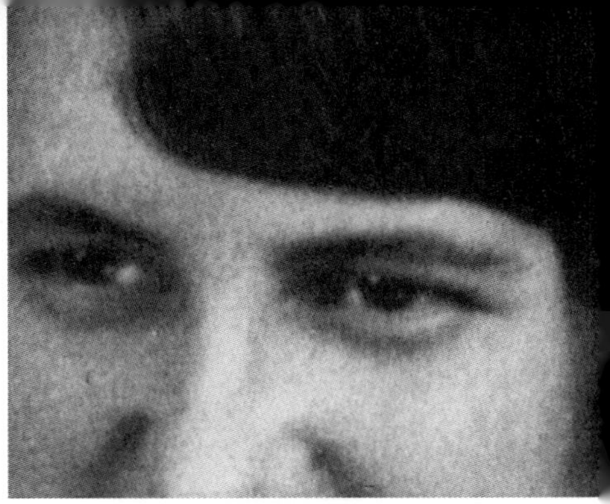

so etwas Nettes noch unter Gottes Sonne herumlief. Und darum nickten viele, Alte und Junge, der Babett freundlich zu, wenn sie mit ihrem Wäschekorb die Kundschaft der Mutter aufsuchte.

Das änderte sich nun, als das Testament des alten Meßtaler bekannt wurde. Das Lächeln, das der Babett sonst auf ihren Gängen begegnet war, erstarrte. Neid und Mißtrauen machten Gruß und Blicke kühl, prüfend oder gar drohend. Nur die wirklichen „Menschen“, und das waren recht, recht wenige in der Stadt, freuten sich über das Glück der schönen Babett. Diese schöne „saubere“ Babett, so wurde nun gezischt und getuschelt, hatte ja auch dem alten Meßtaler immer die Wäsche gebracht! Sagten nicht die Nachbarn, daß sie oft viel länger im Hause des Junggesellen verblieben war, als es zum Holen und Abgeben eines Bündels nötig ist? Wird ein kluger Geschäftsmann seine ganze kostbare Habe an ein junges Ding verschenken ohne eine – Gegenleistung?

Die Schmutzflut häßlicher Beschuldigungen ergoß sich über die arme, reiche Babett. Man wußte nicht, über was man sich mehr ereifern sollte: über die Ruchlosigkeit, mit der diese verdorbene Person ihr abscheuliches Geschäft machte, oder über ihre Gabe, so überzeugend den Unschuldsengel zu spielen. Die schöne Babett vergoß dabei viele bittere Tränen und beteuerte immer wieder, daß der alte Meßtaler nur sehr freundlich zu ihr gewesen, viel mit ihr geplaudert, ihr ab und

Hans und
Ilse Fitz, geb. Heirich

zu auch wohl die Wangen getätschelt, aber nie ein Ansinnen gestellt habe, das gegen Ehr und Sitte verstoße. Und sie selbst, das gebe sie zu, habe ihm besonders gern die Wäsche hingetragen, weil er so gütige Augen und ein so liebes Lächeln gehabt und ihr in manchen Fragen ihres jungen Herzens einen väterlichen Rat gegeben habe. Weiter aber sei bestimmt nichts geschehen und ihr selber sei es wie ein Christwunder, daß er ihr all seine Kostbarkeiten vererbt habe.

Die Vernunft der Menschen hält sich an Tatsachen. Und diese Tatsachen, das war nicht abzustreiten, sprachen gegen die schöne Babett. Niemand schenkt sein Sach her, ohne daß er was dafür bekommt. Man ist immer geneigt, mehr das Böse anzunehmen, als das Gute, besonders wenn es sich um einen Menschen handelt, der des Guten schon zuviel hat. So wäre die zarte Insel des Widerstandes von dieser Brandung bösen Meinens wohl überschwemmt und der Leumund des schönen Mädchens für immer zerstört worden, hätte nicht der kluge Meßtaler vorgesorgt.
Bei dem Testament hatte sich ein geschlossener Briefumschlag befunden, auf dem geschrieben stand: „Acht Tage nach Bekanntgabe meines Testaments zu öffnen und in der Zeitung abzudrucken.“ Und mit erstaunten Augen las man im Blättchen:

Meine lieben Mitbürger!

Obwohl ich tot bin, weiß ich nur zu genau, was sich jetzt in unserem Städtchen ereignet, denn ich habe euch in einem langen Leben kennengelernt. Ihr glaubt nicht an das Schöne und Gute, sondern nur an das, was ihr selbst zu tun fähig wäret. An Gottes Richterstuhl stehend, schwöre ich euch, ihr tut der Babett bitter unrecht und mir auch, wobei mir das letztere wenig Kummer mehr bereitet. Ich war kein Wüstling und die Babett ist nicht nur das schönste, sondern auch das liebste und sauberste Mädchen, das ich in meinem langen Leben kennen gelernt habe. Sie war die einzige Freude meiner letzten Lebensjahre und jedes Mal, wenn sie in meine Werkstatt kam, trat Gottes ganze schöne Welt mit ihr herein. Nur dieses junge Mädchen, auf das ihr mehr stolz sein solltet als auf Eure „Ehrbarkeit" und euer Geld, hat mich nach all dem, was ich von Menschen gesehen und erlebt habe, nicht verbittern und verzweifeln lassen. Denn sie hat mir gezeigt: Schönheit, Tugend und Güte wandeln noch unter uns. Und als Dank dafür, was sie mir, ohne es selbst zu wissen, geschenkt hat, habe ich sie zu meiner Erbin eingesetzt. Denn sie ist eine Tochter, wie ich sie gewünscht hätte, wenn mir eine geschenkt worden wäre. Und ich weiß auch, daß ihr mein irdisches Gut nicht zum Nachteil gereichen wird. Ihr braver Sinn wird es nur zum Guten verwenden. Und damit grüßt euch aus dem Jenseits

Euer alter Meßtaler.

Einige wären auch nach der Veröffentlichung dieses Briefes noch geneigt gewesen, an ihrer schlechten Meinung festzuhalten. Vielleicht hatte der alte Fuchs das nur geschrieben, um seine eigene Schlechtigkeit schönfärbig abzudecken? Aber diese Hartgesottenen konnten sich nicht durchsetzen gegen die vielen, denen aus den Worten des toten Juweliers etwas entgegenschlug, das man zwar nicht messen und wägen kann, das aber dennoch da ist und seine Wirkung tut; und das keiner kalt übergehen kann, der in seinem Herzen noch ein Fleckchen hat, das – fühlt.

Die „Fitzens"

Ilse Fitz (Mitte) mit ihren Kindern (v. li.) Walter, Gerd, Helga, Veronika, Hans Georg, und Ilse.

Der junge Conférencier
und Schlagersänger
Gerd Fitz, ca. 1960.

Hans und Ilse Fitz in jungen
Jahren – mal ganz bayerisch,
mal elegant im Abendkleid.

Da Antnteich

A Bauer is in Stadt und Land
als Antnbauer wohlbekannt.
Schön zart, ned z'fett, grod recht im Gwicht
san seine Antn a Gedicht!
Da Bauer gfreit se und werd reich
bloß mit am kloana Antnteich.
Auf einmal wundert er sich sehr:
Die Antn, de werdn magerer.
Oh mei, denkt er, is des a Gfrett,
Warum werdn d'Antn nimma fett?
Da muaß da Tierarzt schleunigst her,
der is studiert – der woaß da mehr!
Da Tierarzt kimmt – verlangt vui Geld,
doch woaß er a ned, was da fehlt.
Trotz Kraftfutter, trotz Schrot und Korn
san d'Antn oiwei dürrer wordn.
Doch jetzt passt's auf, ihr lieben Leit,
was ois passiert in unsrer Zeit:
Da Bauer hod ned resigniert
und lang no hin und her studiert.

Auf oamoi war eam über's Jahr
die Ursach von dem Dürrwerdn klar.
Die Rosi, seine junge Magd,
de hat se oiwei scho beklagt,
daß' in der Liebe hat koa Glück ...
Ja mei, sie is a bisserl z'dick.
Das ging ihr gegen die Natur.
Da huift nur oans: a Schlankheitskur!
Dann hat s' Tabletten ohne Gwissn
ins Badewasser einegschmissn,
weil s' gsagt ham in der Apothek,
des löst an Speck mitsamt'm Dreck.
Jetzt kommt das dicke Ende gleich:
Der Abfluß geht in Antnteich!
Die Rosi hat koa Gramm verlorn
Bloß d'Antn – de san mager wordn!
Seit des da Bauer hat derratn,
derf hoit die Rosi nimmer badn.
Sie is da durchaus ned dagegn,
des Badn, des hat s' ja eh ned mögn!

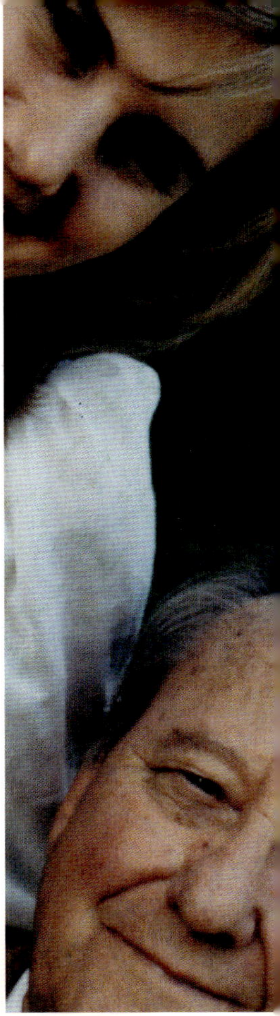

Gerd Fitz mit seiner Tochter Katharina.

Papst Johannes XXIII.

Im Wirtshausgarten unterm Turm,
da hockt a Vatta mit seim Buam.
Da Vatta bstellt die dritte Maß –
ja mei, des is a Bier vom Faß!
„Des laft hoid schneller durch die Gurgl“,
sagt d'Kellnerin, die oide Burgl.
Beim Buam, vier Jahr alt ungefähr,
da is as Limoglasl leer.
Da Vater merkt's natürli ned,
weil er dauernd mit andre redt.
Dem Maxl stinkt er und er holt
a Zeitung sich, sitzt da und schmollt.
Und duad, als ob er lesen kannt,
versteckt dahinter seinen Grant.

Da kommt der Pfarrer Lampl her
und staunt und wundert sich gar sehr.

„Ja Maxl", sagt er, „du kannst lesen?
Bist noch in keiner Schul gewesen!"
Dem Maxl wird's ganz hoaß im Gsicht.
„Jawoi", sagt er und zögert nicht.

Der Pfarrer schmunzelt, schaut ihn an:
„Das muß ich prüfen, kleiner Mann!
Ob du nicht schwindelst in der Not.
Das sieht nicht gern der liebe Gott!"
Nimmt ihm die Zeitung und notiert
an Nama drauf, ganz kompliziert.
„Johannes", schreibt er, und daneben
nur „23" – sakrisch eben,
weil er die Zahl lateinisch malt:
zwoa X, drei Strich, so kennt er's halt.
Er zoagt's dem Buam, der zittert schon:
„Wer war denn das, mein lieber Sohn?"
Der Bua schaugt hin und grinst ganz froh,
dann strahlt er den Herrn Pfarrer o:
„I woaß zwar gwiß ned, wer des is,
bloß oans, Herr Pfarrer, woaß ich gwiß!
Der zahlt, Herr Pfarrer, glauben S' mir,
zwoa Glasl Schnaps und drei Maß Bier!"

Die gute Fee

Nach einem herrlichen Sommertag geht der Sepp in der Abenddämmerung in den Wald hinein. Es ist sein täglicher Spaziergang. Der Abend ist sommerlich warm und der Sepp ist glücklich. Er liebt diese Stunde im Wald, ja, er genießt sie geradezu.
Der Sepp lebt alleine. Seine Frau ist ihm vor zwei Jahren weggestorben – einfach so. Er hat seine Frau sehr geliebt. Aber jetzt, wo sie nicht mehr da ist und auch nie mehr kommt, hätte er doch ganz gerne wieder ein weibliches Wesen um sich. Zu zweit lebt es sich halt doch gemütlicher und angenehmer.

Er taucht in den schon dunklen Wald ein und plötzlich sieht er etwas Weißes hin und her huschen. Es ist in einer kleinen Fichtenschonung mit halbhohen und noch kleinen Bäumen. Er geht näher auf die Schonung zu und das weiße Etwas bleibt plötzlich stehen. Als er noch näher kommt, entdeckt er ein zartes, weißgekleidetes Mädchen, fast schon eine junge Frau, die ihn ängstlich anstarrt. Sie versucht offensichtlich, ihren rechten Fuß, oder besser gesagt, ihr rechtes Füßchen aus dem Dickicht herauszuziehen. Sie muß irgendwo hängengeblieben sein.

Sepp ist ganz und gar Kavalier und geht zu der jungen Dame hin. Als er direkt vor ihr steht, entdeckt er, daß sie gar keinen Körper hat! Sie muß ein astrales Wesen sein. Das weiße Kleidchen scheint auch nicht von dieser Welt zu sein. Ihre großen, dunklen Augen schauen ihn ängstlich an. „Bleiben Sie ganz ruhig und haben Sie keine Angst, ich hole Sie aus dem Dickicht raus“, versucht Sepp sie zu beruhigen. Das astrale Wesen antwortet nicht. Da nimmt er sie einfach um die Taille – aber halt: Das geht ja gar nicht! Da ist ja nichts! Sepp hat große, kräftige Hände. Er umfaßt sie einfach in der Mitte mit der Hand – hat eigentlich nur den Stoff von dem Kleidchen in der Faust –, hebt sie hoch und stellt sie neben der Schonung auf den Waldboden. Sie ist leicht wie eine Feder. Dann sieht er, daß sie keine Schuhe anhat, sondern einfach auf zwei angedeuteten Füßchen steht. Das sind flaumartige Gebilde.

Sepp ist wie gebannt. Er schwitzt, trotz des allmählich kühler werdenden Abends. Das zarte Wesen schaut ihn mit seinen dunklen Augen immer noch an. Aber jetzt lächelt es und sagt mit einer zarten, brüchigen Stimme: „Ich bin die gute Fee und du hast mir geholfen. Deswegen hast du drei Wünsche frei, die ich dir erfüllen werde. Also: Was wünschst du dir?“ Der Sepp ist hilflos. Er ist so fasziniert von diesem Zauberwesen, daß er im Moment nicht weiß, was er sagen soll! Aber eines hat er von Anfang an gewußt: Er ist verliebt in dieses

Geschöpf. Die dunklen Augen haben ihn völlig verrückt gemacht.
„Nun ja", meint er, „mein erster Wunsch ist, daß du dich verwandelst in eine junge, moderne Frau".
In diesem Moment füllt sich das weiße Kleidchen mit traumhaften, weiblichen Formen. Alles ist da, wo es hingehört. Auch eine schmale, zauberhafte Taille gibt es jetzt.
Der Sepp starrt sie an. Darauf sagt sie mit liebevoller Stimme: „Was ist dein zweiter Wunsch?" Der Sepp ist ganz von Sinnen. Er kniet sich vor sie hin und sagt: „Ich möchte, daß du mit mir nach Hause gehst!"
Mit kleinen Schritten geht sie auf ihn zu und sagt dabei: „Ich komme mit. Und was ist dein dritter Wunsch?"
Der Sepp, immer noch knieend: „Ich möchte, daß du mich heiratest!"
In diesem Moment kommt aus dem Dunkel des Waldes ein scheußliches, altes Weib hervor. Es öffnet seinen zahnlosen Mund und lacht, kichert, lacht und lacht! Schaurig hallt es in die Nacht hinaus.
Der Sepp wird ganz blaß und schreit erschreckt: „Was ist denn das für ein schreckliches Wesen?"
Die gute Fee antwortet mit sanfter Stimme: „Du mußt keine Angst haben, das ist nur deine zukünftige Schwiegermutter!"

Unerwarteter Besuch

Sonntag nachmittag beim Tee,
meinetwegen auch Kaffee,
sitzt du friedlich mit den Deinen
ungestört – so will es scheinen.

Plötzlich tönt die Klingel schrill,
Viel zu laut und viel zu viel.
Du stehst auf, gehst an die Tür,
öffnest – wer steht da vor dir?
Weder Freunde noch Verwandte,

sondern einfach Unbekannte.
Eine Dame zwar von diesen
konntest du schon mal begrüßen.
Doch die and'ren sind dir fremd,
schau'n dich an, etwas gehemmt.
Nur die eine lächelt mild
wie das Mona-Lisa-Bild.

„Guten Tag!", sagt sie charmant,
„Sie sind mir schon längst bekannt
aus Erzählungen von Jule.
Ich ging doch mit ihr zur Schule!
Ach, wo ist sie denn, die Gute?"
Dir wird sichtlich flau zumute.
Gleich rufst du nach hinten: „Jule!
Eine Freundin aus der Schule
will dich unbedingt besuchen!
Hast du denn genügend Kuchen?"
Deine Stimme klingt ganz rauh.
Jule – so heißt deine Frau.

Julchen kommt – du gehst nach hinten
und willst unbemerkt verschwinden.
Schleichst dich leis' zur Hintertür.
Nichts wie weg, sonst: Wehe Dir!
Da ruft Julchen: „Liebes Fränzchen,
kommst du auch zum Kaffeekränzchen?
Und besorg' noch etwas Bier –
unsre Gäste bleiben hier!"

In die Luft könntest du geh'n.
Doch du kannst nicht widersteh'n.
Wütend knurrst du: „Muß das sein?"
...und kaufst das gewünschte ein.

Sonntagsfrieden, faul sein, ruh'n.
Nerven schonen, gar nichts tun.
Nicht rasieren, gammeln, lümmeln,
still sich irgendwo verkrümeln.
Aus! Vorbei ist dieser Traum.
Und warum? Man glaubt es kaum:

Weil dein Weib, das „dumme" Ding,
früher mal zur Schule ging!

Walter Fitz

Walter Fitz erblickte 1921 in Kaiserslautern das Licht der Welt. Schon früh nahm er Gesangsunterricht, erlernte die Instrumente Klavier und Cello und entschloß sich bald, in die Fußstapfen seines begabten Vaters, des künstlerischen „Urvaters“ Hans Fitz, zu treten.
Als junger Mann wurde Walter Fitz nach dem Notabitur zur Armee eingezogen und diente im Zweiten Weltkrieg in der Marine auf der Gneisenau und später als erster Offizier auf einem U-Boot. Er überlebte den Krieg in kanadischer Gefangenschaft. Diese Zeit nutzte Walter Fitz zur Vervollkommnung seiner künstlerischen Fähigkeiten. Ein Professor der Dresdner Musikhochschule zählte zu seinen Mitgefangenen. Dieser brachte dem jungen Soldaten Harmonielehre bei und gab ihm Saxophon- und Klarinettenunterricht. Im Lager gründete Walter Fitz ein Theaterensemble und eine Bigband, die zunächst in England, später auch in Deutschland Erfolge feiern konnte. Wieder in die Heimat zurückgekehrt, erhielt er mit seiner mittlerweile professionellen Bigband „Walter Fitz & His Orchestra“ unter anderem Engagements beim US-Radiosender AFN. 1948, Walter Fitz war gerade auf der Suche nach einer geeigneten Sängerin für seine Band, klingelte in seinem Büro das Telefon. Auf die Frage nach der Tonlage der Bewerberin „Sind Sie Alt?“ anwortete die entrüstete Dame „Wieso alt?

Ich bin 25!" Molly Raffay, so der Name der Anruferin, wurde daraufhin nicht nur als Sängerin engagiert, sie wurde 1949 auch seine Frau.
Immer auf der Suche nach neuen Herausforderungen, gründete Walter Fitz 1949 zusammen mit seiner Frau Molly und seinem Bruder Gerd Fitz ein kabarettistisches Gesangstrio: das „Fitzett". Die Spezialität des Fitzetts waren musikalische Parodien und damit tourten Walter und Molly 25 Jahre lang erfolgreich durch das deutschsprachige Europa.
Walter Fitz war aber nicht nur als Musiker sehr aktiv. Neben 400 Schlagern, die er textete und komponierte – einige davon für seinen Bruder Gerd Fitz, der damals schon als Solosänger tätig war – arbeitete er auch als Schauspieler. Nach der Auflösung des Fitzetts konnte man Walter Fitz in den achtziger Jahren in zahlreichen Rollen bei den Luisenburg-Festspielen in Wunsiedel sehen. 1987 wirkte er in der Erfolgsserie des Bayerischen Rundfunks „Die Löwengrube" mit. Darin verkörperte er den Musikalienhändler Soleder. Vielen Fernsehzuschauern ist Walter Fitz auch von seinen Auftritten beim alljährlichen Politiker-Derbleckn auf dem Münchner Nockherberg her in Erinnerung. Als „alter ego" des damaligen bayerischen Ministerpräsidenten Franz-Josef Strauß lieferte er sich parodistische Wortgefechte mit seinem Bruder Gerd Fitz, der damals meist in die Rolle von Außenminister Hans-Dietrich Genscher schlüpfte. Sein letztes Theaterengagement kurz vor seinem Tod brachte Walter wieder mit seinem Bruder zusammen. Für das „Drei-Länder-Theater Basel" standen die beiden in dem Erfolgsstück „Der Brandner Kaspar" auf der Bühne. Walter Fitz starb am 20. Dezember 1992.

Das Hackfleisch

Es hat ein Hackfleisch sich gedacht:
Was hat man nur aus mir gemacht!
So gehackt herumzuliegen,
ist ja wirklich keine Vergnügen.
Denn man stellt, ’s ist wirklich wahr!,
in dieser Form doch nix mehr dar.
Man liegt herum und schaut mit Neid
auf all die andre Herrlichkeit,
die einen Metzgerladen ziert
und fühlt sich dann mit Recht frustriert.
Ein Schweinskotelett zum Beispiel hat
ein ganz anderes Format
und protzt – obwohl mehrmals gebrochen –
ganz ekelhaft mit seinen Knochen!
Der Lendenbraten ist begehrt
und wird vom ganzen Fleisch verehrt.
Das Kalbsfilet fühlt sich als Dame.
Mit ihm, da macht man gern Reklame,
es wird umsorgt und wird gehegt
und gern ins Fenster rausgelegt.

Das Gulasch hat auch seinen Flair.
Es wirkt zwar etwas ordinär,
macht aber künstlerisch barocken
Eindruck durch die saft'gen Brocken.
Die Nieren riechen penetrant,
doch ihre Form ist elegant!
Sie können sich mit ihren Maßen
von weitem sehr gut sehen lassen.
Doch geplagt von Rachedürsten
ist ein Hackfleisch bei den Würsten.
Die dürfen wie die Fürsten leben
und sich die schönsten Formen geben,
wenn auch des Innern Qualität
weit unter der vom Hackfleisch steht.
Als Blickfang stellt sich elegant
im unterschiedlichsten Gewand
die Wurst dem Kunden teuer dar.
Der fliegt auf Kleider, das ist klar.
Und als Hackfleisch liegt man dumm
splitternackt und roh herum!
Manchmal sagt der Leberkäs:
„Des macht gar nix, merk Dir des!
Nackert is doch auch 's Tartar –
wos moanst'n, wenn des ozogn war?"
Doch das Tartar ist raffiniert
für die Nacktheit präpariert
und es trägt auch diese Bürde
mit einer ganz besond'ren Würde.
Die nackte Schwester, sozusagen,

hat Tradition: In früh'ren Tagen
von Tartaren unbestritten
unterm Sattel mürb geritten
reizt Kunden sie in hohem Maße
durch die rohe Rasseklasse!
Als Hackfleisch fühlt man sich deswegen
dem Tartar stets unterlegen.
Wie man das Dasein auch so nimmt,
es ist halt alles vorbestimmt.
So tröstet sich das Hackfleisch liegend
und das inn're Schwein besiegend.
Schließlich kann man herrliche Sachen
auch aus meinem Körper machen:
Hackbraten, Füllungen, Kroketten,
Spaghettisoßen und Buletten!
Als es so vor sich hin sinnierte,
da war es wieder froh und spürte
die Lebensfreude in sich wachsen.
Da betrat ein Herr aus Sachsen
Das Geschäft und tat kurz kund:
„'N Viertel Hackfleisch – für mein Hund!"

Walter Fitz in jungen Jahren bei einem Auftritt mit dem „Fitzett".

Der Gummibaum

Bekannte, de ham uns an Gummibaam gschenkt
und gsagt, mir kantn an aa glei hoin.
I hob ned recht gwußt und i hob ma hoid denkt,
was mir mit am Gummibaum soin?

Doch mei Betty hat gmosert: „Bis du ned bei Trost?
Des is doch a wunderschöns Baamerl!
Woaßt du, was so was beim Gärtna kost?
Den hoi ma uns freili, du Damerl!“

Und leider hob i dann gsagt: na ja – meinetwegn,
und bin mit'm Wagerl glei los
Und dann – dann hob i den Gummibaam gsegn.
Fast vier Meter war des Trumm groß!

Aus der Wohnung, da hamma'n no grod außabracht.
Meine Bekanntn ham gsagt: „Des siehgst scho,
a scheener Baam is des“ – und ham d'Tür glei zuagmacht
und gschaugt ham s', als waarn s' recht froh!

Do bin i jetzt gstandn im Treppenhaus drauß
mit dem Gummidings da, dem langa.
Voller Wut hob i ihn packt und woit raus aus'm Haus,
aber er is ned um d'Reibn rumganga!

Im Glander drinna hot er sie einklemmt
mit de Blätter ... voll tote Fliagn.
Do hob i mi gega des Glander gstemmt
und wollt'n wieda außeziagn.

Beim Kübe hob i ihn packt und hob hoid fest zong
und do – da war's scho passiert!
Mit'm Kübe alloa bin i hintre gflogn.
Doch des Hundsding, des hot se ned grührt.

Na is ma da Kübe no d'Treppn obagsaust:
„Batsch!“ hat er do und war hi!
Und mir hot's scho vorm Hoamweg graust.
Do brauchts ja ned vui Phantasie!

Mit de dreckaten Wurzln hob i ihn einipackt
durchs Schiebedach in mein kloan Karrn.
Drei Meter hot er obn außigragt –
und so bin i hoam hoid dann gfahrn.

Bei da Isarbruckn um d'Reibn rum
is as erste Unglück scho gscheng,
denn des Holzfuhrwerk vor mir, des lange Trumm,
hob im letzten Moment i erst gseng.

A rota Lumpn fahrt über mi weg
an am Baamstamm, an so an ganz langa!
I kumm nimma rechtzeitig weg vom Fleck
und do hot ma de mordslange Stanga
von meim Gummibaam drei Meta abrasiert.
I siech de Trümma auf d'Auto purzeln!
Und i hob im Karrn, nachdem des passiert,
nur no an Stumpf – und de dreckaten Wurzeln!

Walter Fitz (li.) und sein Bruder Gerd Fitz in den70er Jahren.

Do war bei mir dann d'Ofa aus!
I hob's aus'm Auto rausgrissn,
des Mistzeig, des bläde, und hob's dann glei drauß
in hohem Bogn in d'Isar neigschmissn!

Jetzt war auf oamoi wieda Ruhe in mir,
fast vergnügt fahr zur Oidn i hoam.
Wia s' nach'm Baam fragt, sag ich zu ihr:
„Den ham s' scho verschenkt ghabt, nach Loam!"

Volla Zorn wollt' sie dann glei otelefoniern,
do sog i, „geh, sei do ned so!
Gönn doch de andern den Gummibaam,
vielleicht san de um des Trumm froh!"

Leicht grantig hot s' ma gfolgt und is weida nix gscheng,
sie wird sie schon wieda erholn.
Und bis ma de Bekannt wiedaseng,
werd ma scho irgend a Ausred eifoin.

Und außadem kenn i as Leben und woaß heit,
daß im Moment de peinlichsten Sacha
beim Wiedaverzähln nach langer Zeit
oft des größte Vergnügn macha.

Der schwule Stuhl

Meine Damen, meine Herrn,
was ich jetzt sag', sag' ich nicht gern:
Ich bin kein Mensch, ich bin ein Stuhl
und nicht normal – nein – ich bin schwul.

Ich war's nicht gleich in meinem Leben,
es hat sich nach und nach ergeben.
Ich verdanke Leib und Seel'
meinem Vater Chippendale.
Von ihm hab' ich auch das Solide
und – weil aus Holz – im Grund' frigide.

Jedoch ein Heer von Möbelkennern,
vorwiegend EINE Art von Männern,
die, nach außen hin in Ehren,
bevorzugt gern in Clubs verkehren,
mit ganz besondern Hinterteilen,
erweckten langsam einen geilen
Trieb in mir und eine Schwüle,
ich möchte sagen „Holzgefühle",

die meine Maserung irritierten
und mich zur Schwulität verführten.

Darauf verfiel ich jahrelang
dem homosexuellen Drang.
Ich ließ mich willenlos beherrschen
von einer Flut von Männerärschen!
Ich genoß das Hinternwetzen
beim Erheben und beim Setzen.
Ich war von jedem Arsch entzückt
und einfach hinterteilverrückt!

Doch was ich heut' erkennen muß:
Aus größter Lust wird Überdruß
und sie wird einem (gern) vermiest,
wenn man zu oft und lang genießt!

Auch bin ich wurmstichig und alt
und mag nicht mehr die Druckgewalt,
wenn mich ein schwerer Kerl besitzt
und vielleicht dabei noch schwitzt.
Heut erkennt mein alter Rahmen
mehr den Vorzug leichter Damen,
und was die Herren einst besaßen,
hab' ich jetzt neu beziehen lassen!
Ums Feminine nun bemüht
wählte ich zum Unterschied
für die neuen Sitzungszwecke
eine weiche Seidendecke...!

Unter uns: ich dien' mit Wonne
nun einer lesbischen Matrone,
schon ziemlich alt, doch recht gesund
und ... sie wiegt nur hundert Pfund.

Nach der vergang'nen „schweren" Zeit
ein Genuß der Leichtigkeit
und ich fühl' nun „andersrum"
hinein ins neue Säkulum!

Geschlechtsumwandlung, bitte sehr,
ist bei Stühlen ja nicht schwer
und außerdem – ganz objektiv –
ist der Sex auch relativ!
Man kann sich immer glücklich fühlen,
ob unter Menschen oder Stühlen,
wenn einen das, was man erträgt,
im positiven Sinn erregt!

DE GUSTIBUS NON
DISPUTANDUM
EST – QUOD ERAT
DEMONSTRANDUM!

(Über Geschmack läßt sich nicht streiten –
was hiermit zu beweisen war.)

Die Brüder Fitz

Sie sahen sich schon sehr ähnlich – und waren nicht nur auf der Bühne vergnügt: Die Brüder Gerd und Walter Fitz. Die Aufnahme entstand in den 80er Jahren auf dem Münchner Oktoberfest.

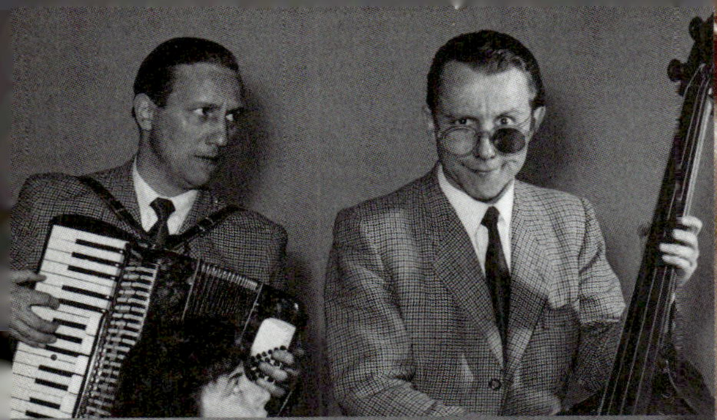

Oben links: Die Fitz-Brüder konnten nicht nur singen, sondern beherrschten auch mehrere Instrumente. Auf dieser Aufnahme als „Fitzett" spielte Walter die Zieharmonika und Gerd Fitz den Kontrabaß.

Oben: Als „Fitzett" ein starkes Trio: Walter Fitz (li.), Molly Fitz-Raffey und Gerd Fitz.

Wenn es um künstlerische Fragen ging, wurde durchaus auch heiß diskutiert. Das Foto stammt aus der Zeit, als Walter, Molly und Gerd Fitz gemeinsam als „Fitzett" auftraten.

Die Erna aus Hamburg

Die Erna aus Hamburg, die möchte gern nach Bayern.
Sie sucht sich an Job – und landet in Weyarn.
Des liegt ganz im Süden, im Oberland
und is durch an Orden auch ganz schön bekannt.

Sie möcht halt in d'Berg und deswegn fahrt s' hin.
Die Erna is Krankengymnastikerin!
Sie hat sich sehr bald aklimatisiert
und wird von den Bayern – als Preiß – akzeptiert!

So freundlich – na, so san s' in Hamburg ned,
denn immer, wenn sie in a Gschäft neigeht
und dann mit'm Korb an da Kasse steht,
sagt jeder ganz freundlich „Grüaß Eahna" z' ihr!
So ganz ohne Schnaps und ganz ohne Bier!

Es wurde ihr direkt unheimlich zumute
und eines Tages fragt s' a Kollegin, die Gute:
„Wieso sagt ein jeder Grüaß Eahna zu mir?
Ich bin doch – weiß Gott – noch nicht lange hier!"

Da grinst die Kollegin und meint amüsiert:
„Des «Eahna» heißt «Ihnen» – was dich irritiert.
Weil «Grüß Ihnen» sagt halt der Bayer ned,
der sagt halt «Grüaß Eahna», weil's flüssiger geht!"
Da strahlt sie, die Erna, und meint: „Bitte sehr!
Na siehste, das Bayerisch ist garnich so schwer!"

D'Leich

Da Toni is a braver Mo
und über 80ge is er scho.
In letzter Zeit, da moant er hoid,
daß er in' Sarg nei muaß – scho boid.

So dreißg Jahr jünger is sei Weib
und noch gesund an Seel und Leib!
Sie jammert viel, ist sehr betrübt.
„Mei Mo,der is ja so beliebt.
Wenn der 'moi stirbt – des sog i eich! –
des gibt a riesengroße Leich.
Des san ja einige Vereine,
de passn kaum in' Friedhof eine.
Und oiwei oana dann von dene,
der hält a Rede – notabene!

A jeda bringt an Kranz daher,
da Friedhof wird zum Blumenmeer
und dann danach – da kimmst ned aus –
da ewig lange Leichenschmaus.
De Männa schlucken ’s Bier vom Faß
beim Huaba-Wirt – a jeds fünf Maß!
Des kost vui Geid – ja pfüad di God! –
da bin i liaba seiba dod
und leg für’n Toni mi in’ Sarg.
Dann werdn de Kosten ned so arg!
Im Himme drobn, liaba Mo,
da seng ma uns ja sowieso.

Gradraus auf Bayerisch oder

Der Heirats-antrag

Da Franze sagt oft, wenn er redt,
ned des, was er gern sagn tät.
Er redt hoid gern a so „drumrum“.
Des klingt manchmal a bisserl krumm!

Wenn er zum Beispui sagt: „Ja mei,
des kannt, wenn’s war, a anders sei!
Doch weil’s a so amoi ned is,
is hoid a so, des woaß i gwiß!
Denn wenn i wissat wia des war,
dad i doch sagn: Des is mir klar!

Drum, liabe Zenzi ,sog i dir,
daß des so is – da stinkt er mir!
Weil i scho oiwei mir hab denkt,
da Mensch, der handelt, und Gott lenkt.

Wenn du jetzt mir desseibe sagst
und di mit'm Redn ned so plagst
wia i – dann dad i's glatt riskiern
und 's Heiratn mit dir probiern.

Der Faschingsball der Zahnärzte

Vor Angst möcht' ich davon gleich laufen:
Die vielen Zahnärzte auf einem Haufen!
Schon einzeln man sehr ungern sieht
den Mann, der uns die Zähne zieht,
der Nerven tötet und plombiert,
uns sonstwie grausam schikaniert!

Ja, schrecklich seid ihr, ich sag's ehrlich,
doch heute seid ihr ungefährlich,
denn eure Hände sind gebunden,
um wunderschöne Frau'n gewunden,
die hier in diesem Saale blüh'n.
Die Frauen sind es heut', die zieh'n.
Mit Hilfe von Champagnerflaschen
zieh'n sie das Geld euch aus den Taschen!
Und wenn ihr sie zum Tanz erkoren,
zieh'n sie den Schweiß euch aus den Poren.

Gerd Fitz beim Sortieren der vielen Faschingsorden, die er als Faschingsprinz bekommen hat.

Sie zieh'n euch weg von euren Tischen,
fort in die Bar, in Liebesnischen.
Dort wird der Wille euch verbogen
und euch der letzte Zahn gezogen!
Denn der Verstand ist nicht mehr groß,
der Weisheitszahn ist wirkungslos.

Ha, ha, für unsre Folterknechte
sind solche Qualen g'rad das Rechte!
Für uns gibt's keine größeren Freuden,
als wenn auch Zahnärzte mal leiden!

Strand-spiele

Du gehst am Strand so für dich hin,
nach Sonn' und Wasser steht dein Sinn.
Auf einmal steht dir visavis
im Badeanzug – eine Sie!
Voll Charme und Anmut, gut gebaut,
mit zarter, leicht gebräunter Haut.
In 'nem Bikini, ganz in Weiß!
Du wirst nervös, es wird dir heiß!
Sie lächelt fein – du stotterst schnell:
„Herrliches Wetter heute, gell?"
Sie zwitschert: „Schade, ich muß geh'n.
Adieu, mein Herr, auf Wiederseh'n!"
Sie läuft davon – du hinterher,
denn sie gefällt dir wirklich sehr!
Und warum soll man's nicht probieren,
sich sowas Süßes zu kassieren?
Doch leider geht im Männerleben
ein solcher Angriff meist daneben.
Dann bleibt sie plötzlich wieder steh'n.

Es kommt ein Mann, du kannst es seh'n,
schon etwas älter, graumeliert,
der Körper braun und durchtrainiert,
der sie sehr liebevoll begrüßt,
sie an sich zieht – und zärtlich küßt!

Das „Musikal- und Gesangs-Trio Fitzett" im Jahre 1950. V. li.: Walter Fitz, Molly Fitz-Raffey und Gerd Fitz an der Baßgeige.

Du bist enttäuscht, im Herzen brennt's,
und du verfluchst die Konkurrenz!
Ach was, denkst du, der alte Mann!
Ich bin noch jung, da greif' ich an!

Nur zu, mein Freund, sei Optimist,
auch wenn es nur – der Papa ist!

Christl Fitz

Schon als Kind hatte Christl Fitz sich gewünscht, Bücher zu schreiben. Lange hat sie auf die Verwirklichung ihres Kindheitstraumes gewartet, ihn jedoch nie ganz aufgegeben. Erst einmal kam sie nämlich zur Schauspielerei. Sie nahm mit siebzehn Sprech- und Schauspielunterricht und spielte Theater am „Platzl" in München. Beim Bayerischen Rundfunk in der Sendung „Komödienstadl" arbeitete sie zusammen mit Michl Lang und Erni Singerl. Für den Schulfunk sprach sie immer die „Bubenrollen". Fast hätte man ihr sogar eine Hauptrolle im Film „Der Förster vom Silberwald" gegeben.

Es sollte aber anders kommen. Sie mußte nach Hause zurückkehren, man brauchte sie als Arbeitskraft in der Landwirtschaft. Dann ging sie auf die Hauswirtschaftsschule – und entdeckte dort ihre praktische Ader. Ihre Begeisterung fürs Kochen hat sie sich aus dieser Zeit bewahrt. Später besuchte sie einen Kurs im Weben an der Landwirtschaftsschule, kaufte einen Webstuhl und verkaufte drei Jahre lang selbstgewebte Tücher.

Mit Mitte 20 wandte sie sich ihrer alten Liebe zur Natur und zu den Blumen zu. Sie begann – zunächst aus Freude an der Sache – erste Kunstblumengebinde anzufertigen. Daraus wurde nach und nach ein Beruf. Mit viel Geschick hat sie

sich eine gutgehende Kunstblumenwerkstatt aufgebaut. 1975 bekam sie in Monte Carlo sogar einen internationalen Preis für die Impulse, die sie für die Fertigung von Kunstblumen und Kunstblumenarrangements gegeben hat.
Daß sich Gerd und Christl Fitz beim Blumenbinden näher gekommen sind, versteht sich da fast schon von selbst. Christl hatte den Auftrag, zum Besuch der englischen Königin Tischgestecke anzufertigen. Über 600 Stück sollte sie in wenigen Tagen binden. So bat sie Gerd Fitz, den sie kurz zuvor auf der „Vorstadthochzeit“, einem traditionellen Münchner Faschingsball, kennengelernt hatte, ihr zu helfen. Drei Tage und drei Nächte – der Titel einer Filmromanze könnte so heißen – arbeiteten die beiden gemeinsam und erzählten sich beim Blumenbinden ihr Leben. Inzwischen ist das Paar seit über 30 Jahren verheiratet.
Das Blumenbinden ist mittlerweile in den Hintergrund gerückt. Stattdessen hat Christl Fitz ihre Liebe zur Malerei und endlich auch zum Schreiben entwickelt. Natürlich sind es vor allem Blumen und Landschaften, die sie zu farbenfrohen Aquarellen inspirieren. Zu Papier bringt sie Humorvolles und auch Nachdenkliches – oft Geschichten mit einem wahren Kern, selbst Erlebtes, das sie künstlerisch verfremdet und mit einem Augenzwinkern dem Leser mit viel Lebensweisheit leicht lesbar präsentiert. „Schreiben ist für mich wie Malen mit Buchstaben“, sagt die Autorin von sich selbst. Ihr erstes Buch „Herzenswärmer“ erschien im November 2005. Weitere, neue Geschichten finden sich in diesem Fitz-Lesebuch. Ein großer Roman liegt schon seit vielen Jahren fertig in der Schublade und wartet noch auf seine Veröffentlichung.

Lang, lang ist's her

Eine schwere dunkle Wolke schiebt sich vor die fahle Wintersonne, die sich für kurze Momente blaß zwischen einem Fetzen Himmelsblau und grauen Schneewolken zeigt. Vereinzelt fallen nasse Flocken und bleiben auf Äpfeln, Tomaten und dunklen Auberginen kleben.

Es ist Donnerstag und wie gewöhnlich findet an diesem Tag auf dem Marktplatz in der Kreisstadt der Wochenmarkt statt. Wenige Menschen kaufen bei diesem Wetter ein. Und alle haben es eilig. Niemand beachtet den alten Mann, der wartend an der Ecke gegenüber dem Kartoffelstand steht. Plötzlich geht er mit wenigen Schritten auf eine alte Frau zu, die unschlüssig an einem der Marktstände die angebotene Ware prüft. Er zögert, sucht nach Worten, dann sagt er:
„Reserl? Du bist as doch, oder?" Er schaut die Frau unsicher an. „Nach so a langer Zeit, … daß i di da triff, am Wochamarkt … Des gfreit mi jetzt scho narrisch!" Der Mann macht Pausen, sucht aufgeregt nach Worten.
„Der Lenz!", ruft die Frau erstaunt aus und fragt: „Wos duast'n du do?" Ihr Blick erfaßt seine Gestalt. Sie bemerkt die müden

Schultern, sieht den Hut, den er gerade wie ein junger Bursch ein wenig keck übers Ohr schiebt. Und sie denkt: A Knopf ghörat ognaht an da Joppn und d'Lederhosen, moan i, ziagt er a an jedn Tog o. Werd si koa Weiberleit mehr um eam kümmern!

Dann, um seinen Blicken auszuweichen, die sie unsicher machen, trippelt sie zu einem der nächsten Stände und greift prüfend nach einem der angebotenen Äpfel. Es scheint, als würde sie den Mann neben ihr nicht mehr beachten, als würde sie nur den Marktfrauen zuhören, die ihre letzte Ware ausschreien. „Leit! kafft's an Paprika und Bleami für Allerheiligen, Erikastöckerl, winterfest, die letztn heit und Rosen hamma aa no!"

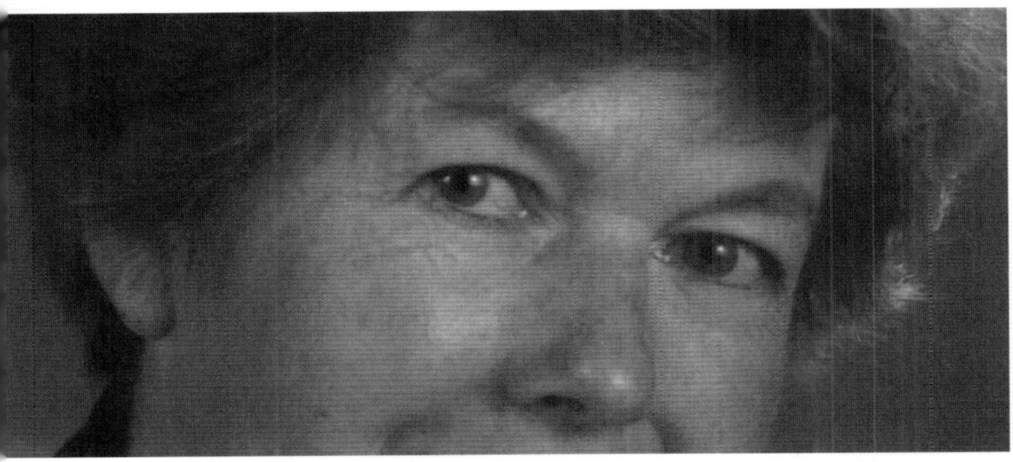

Eine Stimme übertönt die andere und vom Kirchturm der Stadtpfarrkirche schlägt es zwölf Uhr. Die Marktleute beginnen, ihre Stände abzubauen. Die alte Frau, das Reserl, fingert an ihrem Einkaufskorb. Nervös versucht sie, ihre Verlegenheit zu überspielen und schiebt ihn von einem Arm in den andern. Der Mann wendet keinen Blick von ihr, das spürt sie. Dann legt sie den Apfel zurück und wendet sich dem Lenz zu. Ein wenig spröde, aber liebevoll klingt ihre Stimme, als sie ihn fragt: „Mei Lenz, wia geht's da denn?“ Sie lächelt verschmitzt und auf die faltige müde Haut ihrer Backen legt sich ein leichter rosa Schimmer. Er erwidert ihren Blick, lange sehen sie sich an.

Dann sagt sie leise: „Lang is des her!“

„A Lebn! Fast fuchzg Jahr!“, seufzt er.

„Aber i woaß des no wia heit, moan, daß gestern gwen war“, sagt sie und strahlt den alten Mann an. „Tanzt hamma mitnand, hoamganga san mir mitanand, dortmois nach'm Almkirta! War a wunderschöne Summernacht, hobs nia vagessn.“

„Und is dann ganz anders kemma, wia i gmoant hob“, seufzt der Mann und schaut

die Frau wieder liebevoll an. 'S Reserl spielt mit ihrem Korb. „Sog, wia geht's dir denn Lenz?", will sie erneut wissen.
„Oh mei", sagt er zögernd, „wia sois an oidn Mo, an Wittiber, scho geh?"
„So, Wittiber bist?" Sie streicht eine ihrer grauen, nassen Haarsträhnen zurück und meint. „Jetzt schneibt's ins ei, und des im Oktober! So a Sauweda!" Neugierig will sie wissen: „Host gwiß an Hof scho übergebn? Wohnst aber scho no bei deine Kinder?"
Mit einem trockenen „ja" antwortet er auf ihre Frage und schaut in eine andere Richtung. Irgend etwas scheint ihn zu beunruhigen. Auch scheint er es plötzlich eilig zu haben, als müsse er noch irgendwohin. An der Ecke, an der er vorhin wartend stand, hupt ein Auto.
„Des is mei Schwiegertochter", sagt er und zuckt bedauernd mit den Schultern. Er rückt seinen Hut zurecht und meint müde: „Woaßt scho, sie is a Strenge. Kunnt sunst nix über ihra sogn, aber pressiern duads oiwei. Sie wart ned gern! I muaß geh!"

Er bückt sich schwerfällig, hebt aus dem Schneematsch etwas auf und legt verschämt eine verlorene Rosenblüte in ihren Korb.
„Wern mir uns dann scho wieda amoi treffa, Reserl", sagt er. Er rückt seinen Hut zurecht und geht.
„Bestimmt", murmelt sie vor sich hin und schlenkert mit ihrem Korb. Ihre Stimme krächzt ein wenig und niemand hört ihr zu, als sie sagt: „Am Friedhof drobn sand mir beinand, aber dann kimmst ma nimma aus!".

Mir dadn uns meng

Mir sand oide Münchner,
unsere Familien sand scho lang
miteinander bekannt.
Mir verstengan uns guad,
ma kannt moana,
mir waarn weitläufig verwandt!

Ihr habts zwoa Kinder,
mir ham an Buam,
de drei spuin oft druntn im Hof
miteinander im Sand.

Wenn i des recht bedenk,
waar des ois a Grund,
daß i zfriedn sei kunnt.
Du bist mit der Elli verheirat,
i leb mit meim Franzl ned schlecht.

Und ois waar in Ordnung,
wenn i ned wissat, daß i die mecht!
Wenn koana wos spannt,
schaug i verliabt dir in d'Augn.
Und tram von uns zwoa,
denk, schee wars alloa.

Du woaßt as!
I gspür des aa,
daß mir uns gern seng,
wenn unsre Familien ned waarn,
dadn mir uns aa meng!

In da S-Bahn

Seit guat am Jahr
siech i di in da S-Bahn,
weil mir mit'm gleichn Zug
in da Früah nach München neifahrn!

Du steigst in Sauerlach ei,
i kimm vo Holzkircha – vom Land.
Mir kennan uns ned,
sand vom Seng nur bekannt.

I woaß nix von dir,
du woaßt nix von mir,
aber am Montag schaugst anders aus,
wia sonst in da Woch!

Du bist so grantig!
I beobacht's genau.
Hot's vielleicht an Ärger gebn,
mit deiner Frau?

Mir sand uns fremd!
Und doch – is do a Bandl,
alloa zwischen uns zwoa,
des sonst koana kennt!

Warum sogst du nia nix zu mir?
I denk mir, na sog i a nix zu dir!
Aber 's Oschaugn, des sand mir scho
so gwohnt mitanand,
daß i mir ned vorstelln kannt,
du steigatst am Montag amoi nimma ei,
in d'S-Bahn um achte!

Mir dad wos fehln,
du gangast mir ab
und i kannt nix dafrogn,
kannt's neamads erzähln,
und neamandn sogn!

Moanst ned, es war besser,
mir warn bekannt mitanand?
Morgn is wieda Montag!
D'Wocha fangt o!
Morgn sog i „Guatn Morgen" einfach a so!

Do bin i gspannt, wos du sagst zu mir?
Wenn i „Guatn Morgen" sog so locker zu dir!

Der Schwäche-anfall

Der Wochenmarkt, ist auch die Neuigkeitenbörse für uns Landbewohner. An diesem Tag fahren wir gern in die kleine Kreisstadt. Sind alle Einkäufe im geparkten Auto verstaut, treffe ich mich noch mit Bekannten und Freunden und gehe auf einen kleinen Ratsch mit in das altmodische Café gleich oben am Lebzelter Berg. Wer sich jedoch ein Weißbier gönnen und dazu auch frische Weißwürscht genießen will, der stapft um die letzte Reihe der Marktbuden herum und landet beim Bräuwirt. Letztes Mal bin ich dort mit meiner alten Bekannten, der Hinterer Marie, zusammen gesessen.

„Du, i sog da wos!“, hat sie aufgeregt angefangen zu erzählen. „Des war vor a paar Tog vielleicht a Aufregung. I hob glabt, mei Mo muaß sterbn!“
Es muß so gegen zwei Uhr Nachts gewesen sein, als Maries Mann mit starken Kopfschmerzen erwachte. Durch seine Suche nach Tabletten wurde auch sie wach. „Was is denn?“, hat

sie ihn gefragt. „Mei Kopf, mei Kopf! Beklemmungen hob i und schnaufn konn i a nimma!", hat er gestöhnt. Dann, so durfte ich erfahren, hat er zum Ärger seiner Frau den gesamten Inhalt der Hausapotheke aufs Bett geschüttet. „I hob derweil de Nummer von unserm Doktor gsuacht", berichtete die Marie. „Aber woaßt scho, in da Aufregung hob i mei Bruin ned gfundn und na hob is ned lesen kinna. Mei Mo hot sowieso gmoant, an Doktor braucht's ned. Wia i dann sein Puls gfühlt hob, is der schnei, aber ned unreglmäßig ganga. «Woaßt scho, i bin ja koa Doktor», hob i zua mein Mo gsogt, aber so an Zuastand wia bei dir soit ma ned auf d'leichte Schuita nemma. Beim Huber Xaver is des a so losganga und drei Tog später war er tot. Aber i leb, hot mei Mo drauf gsogt!"

Die Marie machte zwischen ihrem Redeschwall eine Pause, holte Luft und erzählte weiter. „Obwoi er gjammert hot, der Doktor kannt eam a nimma helfen, hob i eam des Theater dann doch nimma ganz obgnumma!"
Die Marie nahm einen tiefen Schluck aus ihrem Weißbierglas, aß eine der Weißwürscht, die der Kellner inzwischen serviert hatte. „Woaßt scho", wiederholte sie, „des war vielleicht a Aufregung! «Mein Schatz», hot er gsogt, «mein Schatz». Des hob i scho lang nimma von eam ghört. Er hätt de Kur ned ohne Aufsicht macha derfn, hot er gmoant. Jeder konn soviel kriagn, wia er mog, des is doch ned guat für an Menschen! – Welche Kur? Do woaß i ja garnix davo, wo er mir doch sonst an jeden Schmarrn erzählt, hob i mi gfrogt. Dann hot er gmoant, er war a weni leichtsinnig gwen, weils eam

gar so guat gschmeckt hot. Mei Mo hot mi ogschaugt wia insa Dackl, wenn er a schlechts Gwissn hot!“

Die Marie nahm erneut einen tiefen Schluck aus dem Weißbierglas und verspeiste die zweite Weißwurst. „Wia is dann die Gschicht nausganga und wos war des für a Kur?“, fragte ich neugierig in ihre Redepause hinein! „Mei!“ Die Marie spielte mit der Serviette und sprach, als müsse sie sich alles von der Seele reden. „Gestern! Gestern hot er gjammert, hot se no denkt, daß eam so a Kur recht guat dat, grod jetzt, wo er gspürt, daß er aa älter werd. Aber dann hot er gsogt: «Nie mehr, nie mehr, des versprech ich dir, mein Schatzi, bin i so leichtsinnig!» Ja, des hot er gsogt! Und is aus'm Bett aussigrumpelt. Die Tablettenröhrln sand auf'n Boden grollt und unsa Dackel – mei, er schlaft hoit bei uns im Bett – hot gmoant, mir machan a Gaudi mit eam. I bin in d'Küch groast um a Glasl Wasser. Mei Mo hot mir nochgschrian, blos koa Wasser. A Milli bringst! Wenn i s' a ned mog, aber vielleicht huift's? I war so aufgregt daß mir nimma eigfoin is, für wos i gestern a Milli

braucht hob. Es war koane mehr do. Aufamoi steht mei Mo hinta meiner in da Küch! «Also, es ist keine Milch im Haus!», hob i mir ohörn müaßn." Die Marie machte den Tonfall ihres Mannes nach: „«Wenn i scho amoi wos brauch! Aber do kimmt erst der Hund dro und ois anderne, für mi host du nia Verständnis!»"
Die Marie lachte. „Aufgspuit hot er sie, wia a Gockel! Dann is er beleidigt wieda ins Bett und in da Früah is eam besser ganga."
„Was war des jetzt für eine Krankheit", wollte ich wissen.
„Mei, woaßt scho", gab mir die Marie zur Antwort. „Mei Mo hot dann gsagt: «So schlecht war de Frühjahrskur a wieda ned.» Aber des nächste Moi trinkt er statt fünf Maß Bier blos no zwoa und bleibt nimma so lang hockn, auf'm Nockherberg, beim Starkbierfest! Er sogt's hoit, aber glaabn dua i 's ned! Der Weg zum Himmi is mit guade Vorsätz pflastert!"

Die Marie stand auf, verabschiedete sich und meinte lachend: „Woaßt scho, konnst eana ja ned bös sei, de Mannsbilder! A jeda is amoi bsuffa und da meine war's aa!"

Die Fitz-Frauen

Christl Fitz mit ihrer Tochter Katharina. Jene gehört zusammen mit Florian David Fitz und Nepomuk Fitz zu den jüngeren „Fitzens“, die sich zur Kunst berufen fühlen.

Veronika Fitz strahlt auch auf diesem Foto die Sympathie und Warmherzigkeit aus, die sie in ihren vielen Fernsehrollen verkörpert und für die sie bei ihrem Publikum so beliebt ist.

Lisa Fitz eher nachdenklich: eine der vielen Facetten der Tochter von Walter und Molly Fitz.

Der Blick der beiden Frauen verrät es (li. Molly Fitz-Raffey, oben Lisa Fitz): Ihre Stärke hat Lisa Fitz nicht nur vom Vater geerbt.

Die Verjüngungskur

Frau Hinterbichler und ihr Mo,
de san scho hart am Alter dro.
Des hoaßt, sie kommen in die Jahr
als lang verheirats Ehepaar.
Frau Hinterbichler quält das sehr.
Das Älterwerden fällt ihr schwer.
So ist nun mal der Fraun Natur.
Da hilft nur eins: Verjüngungskur!

Und weil ihr Mann nicht mehr so spurt,
verlangt sie, daß er mit ihr kurt.
Vielleicht tut ihm das auch mal gut
und schürt die fast erloschne Glut.

Als gut erzogner Ehemann
weiß er – daß er nicht anders kann.
Nach Weihnachten – ganz frisch und froh –
verreisen sie nach Abano.

Vier Wochen „kurten“ unsre zwei.
Die Zeit ging wie im Flug vorbei
mit Joggen, Baden und Massiern.
Sogar as Reiten dean s’ probiern.
Die Haut wird straffer, fest der Po,
sie wirkt fast 10 Jahr jünger scho.
Sie schaut in’ Spiegel und am End
hat sie sich selber nimmer kennt!

Sie nimmt ihrn Toni an die Hand
und geht – sie san ja stadtbekannt –
mit stolzer Brust im Ort spaziern.
Da braucht sie sich gar nicht geniern.
Die Nachbarin moant: „Ja varreck,
der ganze Speck – der is ja weg!
Des hoitst’ vor Neid ja gar ned aus,
so jugendlich schaun Sie jetzt aus!
Bloß eine Frage druckt mich sehr:
Wo ham S’ den kloana Bubn her,
der brav am Handerl geht und kuscht?“
„Des is mei Mann. Den ham s’ vapfuscht!“

Duett mit zwei Forellen

Im Gasthaus Hirschen, in der Au
regiert als Wirtin eine Frau.
Ihr Mann, der kocht – duad ned vui fragn
und hat aa sonst ned vui zum sagn.
Sie ham auch Gästezimmer und
zwoa Katzn und an Schäferhund.
D'Frau achtet sehr auf die Moral
und sonst ist alles ganz normal.

Am ersten Weihnachtsfeiertag,
da is des Gschäft a bsondre Plag.
Und dann am Abend, ziemlich spät,
wo eigentlich koa Gschäft mehr geht,
verlangt ein junges Paar zwei Betten.
Ob s' ned a Doppelzimmer hätten
und außerdem noch was zu Essen –
sie wärn so lang im Auto gsessen!

Die Wirtin is sehr mißtrauisch.
Doch sagt s': „Setzt's euch nur an den Tisch.
I schaug schnell in die Küch zum Mann,
ob der euch no was kochen kann."
Zum Mann sagt s' leise: „Schau schnell naus,
de zwoa schaun ned verheirat aus.
Wenn s' des ned san, na kriagn s' koa Zimmer!
Das dulde ich nicht – nie und nimmer!"

Er schaut nicht naus, sagt ruhig: „Jetzt geh,
i glab, i hab do a Idee."
Frau Wirtin hockt sich zu de zwoa,
sagt falsch: „Na sans ned so alloa!"
Na fragt sie s' aus von vorn bis hinten.
Vielleicht könnt s' doch die Wahrheit findn.
Der Mann kommt aus der Küch mit Fisch.
Er stellt Forellen auf'n Tisch,
schön knusprig braun, da schmecken s' besser.
Bloß: Oa Forelln is ganz schee größa!

Na bleibt er stehn, ganz ungeniert,
und wart, was weiter so passiert.
Er grinst und geht na in sei Küch.
Er wirkt zufrieden sehr mit sich,
sagt zu der Frau – der oide Bazi –,
„De san bestimmt verheirat, Schatzi!"
„Wieso bist du jetzt da drauf kumma?"
„Er hat die größere Forelln gnumma!"

Oid

De Zeit fliagt weg – vom Wind vawaht.
A Blaserer – und du bist oid.
Redst nimma vui – werst langsam staad,
weilst woaßt, daß d' geh muaßt boid.
No oamoi reißt de richti zsamm,
weilst hoid gern glebst hast – gell?
Bloß den da drobn, den kümmert's kam,
der woaß, wann 's End hergeht.
'S is guad, daß mir an Hergott ham,
der des bestimmt und woaß, wia's geht!

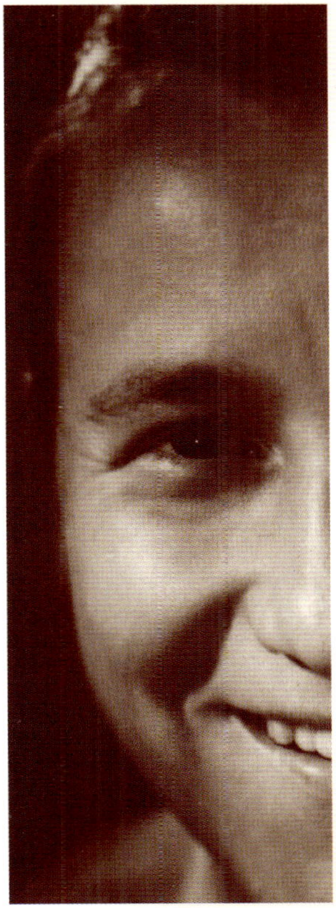

’S Aprèstscherl

Jetzt muaß i euch de Gschicht verzähln,
wia i beim Schifahrn auf ara Welln
mi ogstellt hab ois wia a Lapp
und – bums! – mei Handerl brocha hob.

Ja mei, i bin mit’m Liftei nauf
und hab – ned weil i’s ned daschnauf,
wenn i na obestier im Schuß,
na, mehr zwengs dem Naturgenuß –
z’erscht amoi a Pause gmacht.

Na, ned aus Angst, des waar ja glacht,
da brauch i mi vor neamand schama!
Na, bloß zwengs am Panorama!
Des muaß ma schließli a genießn
und ned bloß d'Pisten obaschiaßn!
I woaß ja eh, daß meine Brettln
vo ganz vo selber obewedeln!

Und wia i fertig war mit'm Schaugn,
hob i mir denkt, jetzt kannt's ma taugn.
Jetzt zoag is euch, es junge Hupfa,
jetzt werd i euch na richtig dupfa!
I woaß ja eh, daß meine Brettln
Von ganz vo selber obewedeln!

Na bin i los – mei des hat gstaubt!
I denk ma hoid, de Leut ham glaubt,
da kimmt a ganz a Guada, Steiler;
vielleicht sogar da Toni Sailer!

Auf oamoi siech i auf der Bahn
an ganz an supersteilen Zahn.
Im Stemmbogn staad über de Buckeln
ganz gmüatli langsam obezuckeln.
Der Anblick war glei sovui schee,
de waar doch heit was – für'n „Après"

I denk ma no, mei des war quant,
da zisch i jetzt ganz elegant
und aa ganz nah an ihr vorbei
und schrei ihr zua: „San Sie no frei?"
Auf oamoi geht's mit mir dahi,
I kann's nimma dabremsn, d'Schi,
und saus wia a Raketn stur
genau auf des „Aprèstscherl" zua!

Des Frauerl reißt de Augen auf
und schreit: „Sie fahren mir ja drauf!"
I schrei no zruck: „Schleich de, Madame!"
Na reißt's ma meine Bretteln zsamm.
I geh in d'Luft – ja saxendi! –
wo is'n d'Pistn, wo san d'Schi?

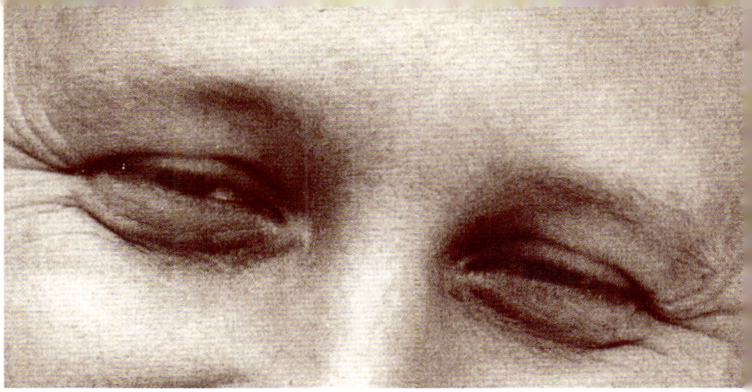

Mi haut's ganz greisli umanand,
na haut's mi obe – auf mei Hand
mit'm ganzen Gwicht, des wo i hob.
Und dann? – Dann war mei Handerl ab!
An Knarzerer hat's einfach do
und i war Invalide scho!

'S Aprèstscherl – dem is nix passiert.
Sie hat se bloß a wenig scheniert.
Weil i an Schilehrer von ihr
mit obegrissn hab – und wia!
Was der na gsagt hat, hat's ned wolln.
Des kann ma aa ned wiederholn.
Außa meim Handerl is nix brocha.
A Gipsverband hoid – a paar Wocha.

Heut fahr I brav und ohne Gschau.
Und des „Aprèstscherl" – is mei Frau!

Lisa Fitz

Geboren 1951, wuchs Lisa Fitz in der Heimatgemeinde der Fitz-Familie, in Krailling vor den Toren Münchens auf. Sie besuchte die Staatliche Schauspielschule Ruth von Zerboni und studierte Musik, klassisches Ballett, Konzertgitarre – und Yoga! Schon damals zeigte sich Ihre Liebe zu unausgetretenen Pfaden.
Ihre Karriere begann sie als Sängerin von bayerischer Popmusik. Damals moderierte sie auch im Bayerischen Fernsehen die Show „Bayerische Hitparade“ mit 70 Prozent Einschaltquoten und wurde so zum Senkrechtstarter. Den Durchbruch schafft sie 1972 mit dem frech-ironischen Dialektsong „I bin bläd“.
Ihre komische und satirische Ader, die ihre Eltern Walter und Molly Fitz zusammen mit ihrem Onkel Gerd Fitz über viele Jahre im „Fitzett“ bewiesen haben, hat auch Lisa in ihren Genen. Ihr erstes Kabarett-Soloprogramm startete sie mit eigenen Texten und Texten von Klaus Peter Schreiner in der Münchner Lach- und Schießgesellschaft, damals noch unter Leitung von Sammy Drechsel. Rasch wurde sie zu einem Eckpfeiler der Entwicklung des deutschen Kabaretts. Eine Besonderheit ihres Kabarett-Stils ist es, tiefe Weisheiten in einer volkstümlichen, vordergründig derben Sprache zu ver-

stecken. So wirken sie von der Form her leicht verdaulich und werden von allen verstanden – auch wenn der bisweilen subversive Inhalt nicht so leicht zu schlucken ist und manchen Zuhörern im Publikum sprichwörtlich im Halse stecken bleibt.
Ein Schwerpunkt ihrer kabarettistischen Arbeit war von Anfang an die Frauenbewegung in Deutschland, die sie bis heute nachhaltig beeinflußt und unterstützt. Zu ihren Stärken gehörte dabei immer der Humor. Ungleichheiten in der gesellschaftlich-sozialen Stellung von Mann und Frau deckt sie mit Witz und Ironie, bissig, jedoch ohne Verbissenheit oder Frustration auf.
Lisa Fitz ist aber nicht nur Kabarettistin, sondern auch Schauspielerin. Zu nennen sind Theaterproduktionen mit Hauptrollen im Stadttheater Ingolstadt, bei den Festspielen in Wunsiedel, im Volkstheater München und in den Münchner Kammerspielen. Rollen in Film- und Fernsehproduktionen sowie 250 Auftritte in Fernsehshows ergänzen ihr künstlerisches Profil. Auch literarisch hat sie ihr Talent eingesetzt. Mittlerweile sind fünf satirische Bücher aus ihrer Feder auf dem Markt, sowie zwei Romane, „Flügel wachsen nach" und „Nuan". Darin thematisiert sie die Liebe zwischen einem jungen Singhalesen und einer um mehrere Jahre älteren Deutschen, eine Begegnung zwischen zwei Menschen aus einander fremden Kulturkreisen.
Der Schwerpunkt ihrer beruflichen Arbeit aber blieb bis heute das Kabarett. Mittlerweile blickt sie auf über 2000 Abende mit eigenen Shows in Hallen und Theatern in Deutschland, Österreich und in der Schweiz zurück. Nach dem Erfolgspro-

gramm „Alles Schlampen außer Mutti“ zusammen mit ihrem Sohn Nepomuk (aus der Ehe mit Ali Khan) tourt sie derzeit mit ihrem neuen Programm „LEX MIHI ARS – Die Kunst sei mir Gesetz“ und dreht in Hamburg acht neue Folgen für die RTL-Fernsehserie „Die Gerichtsmedizinerin“, in der sie die Hauptrolle spielt.
Ihr künstlerischer Erfolg spiegelt sich auch in den Preisen, die ihr verliehen wurden, darunter der Deutsche Kleinkunstpreis, die Ludwig-Thoma-Medaille, der Schwabinger Kunstpreis, der Sigi-Sommer-Taler und der österreichische Kabarettpreis Ybbs.
Privat ist Lisa Fitz ein häuslicher Mensch, der aber auch gern auf Reisen geht. Sie lebt zusammen mit dem Comiczeichner Peter Knirsch auf einem ehemaligen Bauernhof in Niederbayern inmitten von Wäldern und Wiesen. In eine Großstadt ziehen oder gar in einem Hochhaus wohnen kommt für sie nicht in Frage. Das Leben auf dem Land und in der Natur empfindet sie als Ausgleich für die oft stressigen Tourneereisen, die sie an 80 bis 150 Tagen im Jahr unternimmt. Zu Hause tankt sie Kraft und arbeitet im hauseigenen Studio an ihren Kabarettauftritten so lange und so laut, wie sie mag; denn in unmittelbarer Nähe gibt es keine Nachbarschaft.

Eismeer

Gib mir den Regen, die Erde und die Sonne
und einen Prinzen, der noch Träume hat –
der mich erinnert, daß der Seele Flügel wachsen können,
und daß ein Mistkäfer am Rücken Goldstaub hat

Die letzten Jahre hin ich hart geworden
und klug, das auch, nur halt im Fühlen dumm;
wie kalte, unfruchtbare Wintererde,
vereist, in mich gekehrt und stumm.
Und meine Krusten haben sich verhärtet,
und niemand hat sie aufgeweicht –
mitsamt hochtrabenden Gedanken geh ich im Kreis
und fühl mich seicht.

Der Prinz, der soll mit mir zum Eismeer reiten
und mein Herz mir aus dem Gletscher holen.
Dann fängt irgendwas an, in mir zu singen,
was ist das – Liebe oder Gott?

Der Prinz, der wird mit mir zum Eismeer reiten,
auf einem Feuerroß, hin zum späten Mond –
er holt mit mir die Seele aus dem Eismeer,
läßt ihr Flügel wachsen, große, weiche Schwingen ...!

I bin bläd

Ui, schau, de Leit!
De san alle so gscheit!
De wissn, wie's geht,
nur i – bin bläd!

Da reden s' über Politik
und über'n nächsten Krieg
und wie's am Mond drobn steht …
I woass nix, i bin bläd!

Beim Sex – ham s' mich belehrt –
da mach i ois verkehrt,
weil des heit anders geht!
Ja mei, i bin halt bläd.

Manchmal muaß i woana,
weil so bläd wia i is koana.
Wo kimmt denn des bloß her?
Alle wissen s' mehr!

Manchmal möcht i auch was sagn,
manchmal möcht i auch was fragn!
I glaub, i geh jetzt fort, komm ja nie zu Wort!

De oana sagn des,
drauf wern de andern bös.
Wer recht hat, woass i ned
und überhaupts – i bin ja bläd!

Auf oamal wern s' na wuid
und sagn, i bin schuid!
Da sag i, des stimmt ned,
weil i, i bin ja bläd!

Manchmal frag i mi,
warum grad oiwei i?
I hob jetzt langsam gnua,
woaß scho, was i dua:

An Verein für Bläde gründn,
de miaßat ma ja findn ...
wo a jeder mi versteht,
na fallt's ned auf, i bin halt bläd!

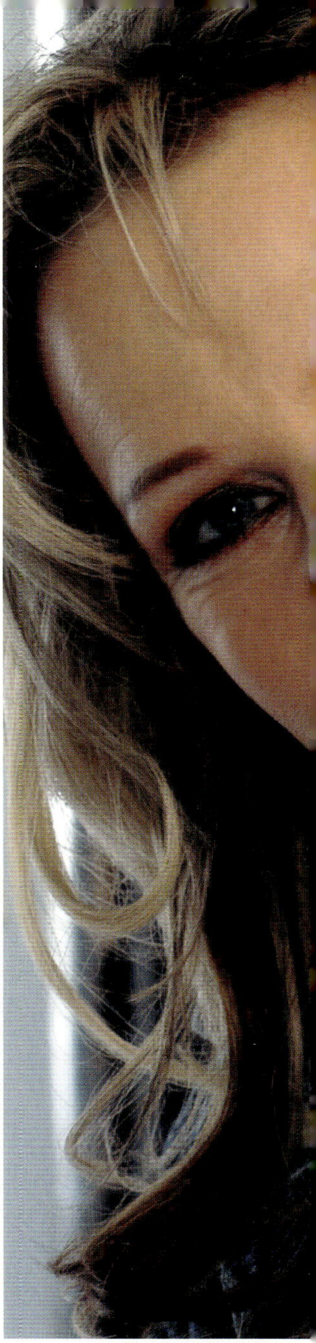

Der Mund

Ein Leben lang hab ich normal gesungen,
und das hat auch immer ganz gut geklungen.
Das Plattengeschäft hat mäßig floriert –
Millionen waren's nicht – die Produzenten frustriert!

Also: Raus aus der Hose, rein in den Rock!
Auf Emanzen und so hat das Volk keinen Bock!
Und vor allem, das macht das Ganze erst rund:
„Schminken Sie ihn dunkelrot – und öffnen Sie den Mund!"

„Ich hab aber", sag ich, „einen ganz normalen;
den so kunstvoll aufzustülpen, bereitet mir Qualen!"
„Das ist uns egal. Wer Erfolg will, muß leiden!"
„Ich will gar nicht mehr." – „Doch! Der Verkauf dient uns beiden!"

Also: Auf den Fotos wird nicht mehr so treudoof gelacht,
sondern die Lippen benetzt und auf geil gemacht!
„Mein Gott, meinen Sie, wir hätten sonst die Kinski verkauft?
Oder die Monroe selig, oder die Bardot? Das lauft!"

„Und wenn Sie die Lieder in Zukunft jetzt singen,
oder wenn Sie eins im TV davon bringen:
Die Kamera fährt dann ganz groß drauf –
und dann hopp, Mädel; jaaa – mach das Maul auf!"

„Du, du, du, ich bin deine Kuh, Kuh, Kuh!
Bringe dich zur Ruh, Ruh, Ruh,
greif nur zu – dupididu – bu!"

Bei zusammengekniffenen Lippen
denken die Männer nur an Xanthippen;
und die ham sie doch selber zu Haus.
Aus dieser Misere woll'n sie doch raus ...!
Schminkt's euch selber mir isses zu bunt,
stülpt auf, was ihr wollt, aber nicht meinen Mund!
– Und wenn du was öffnen willst, mein Sohn:
Öffne dich selber, da haben wir mehr davon!

LIEBHABER-Typologie

Männer sind nicht alle gleich
– der ist hart, und der ist weich,
der ist grob, und der ist zart,
der ist glatt, der ist behaart,
der wird rot, und der wird bleich –
Männer sind nicht alle gleich!

Darum hat das Deutsche Institut für männliche Verhaltensforschung jetzt eine Typologie des deutschen Liebhabers herausgebracht. Typologie, das heißt: Wie die Typen halt so sind.

Typ 1: Der Stürmische

Er macht ein Gesicht, als ob ihm nichts paßt,
er trägt an der Liebe wie an einer Last!
Er macht nicht viel Worte, die fallen ihm schwer,
und stumm wie ein Fisch fällt er über dich her.
Schwitzt immer a bißl und schuftet voll Grimm –
und hinterher fragt er: „War's schlimm?"

Typ 2: Der Zärtliche

Er spielt auf dir rum wie auf einem Klavier.
Er flüstert und streichelt bis früh um halb vier.
Er ist immer zärtlich, wird niemals gemein.
Er sagt: „Das Brutale, das muß ja nicht sein ...!"
Dann ißt er noch was, dann trinkt er, dann raucht er ...
sonst nix – aber Zärtlichsein, sagt er, das braucht er!

Typ 3: Der Unsichere

Er weiß nie, ob das, was er grad mit dir macht,
auch richtig ist. Ist er zu heftig, zu sacht?
Er zweifelt, will wissen, wann dies – oder das,
oder so – oder nicht – oder wie oder was?
Er macht stets, was du willst, aber nie, was er möcht –
und hinterher fragt er: „War's recht?"

Typ 4: Der Unwiderstehliche

Mit Haar auf der Brust, und geschmückt wie ein Gockel,
so steht er vor dir und zieht dich rauf auf sein' Sockel!
Er kriegt schließlich jede – und kriegt er dich nicht,
verzieht er nicht mal sein markantes Gesicht.
Nur hinterher sagt er, gelassen und müd:
„Ach jaa, die kenn ich ... frigid, frigid!"

Typ 5: Der Intellektuelle

Er runzelt die Stirn und putzt sich die Brille:
Ist das, was er vorhat, nun Wunsch – oder Wille?
Er wiegt es – und wägt es – und meint, wenn du fragst,
warum nix passiert, was denn du dazu sagst?
Entblättert dich logisch – und Ratio umkreist dich,
und hinterher sagt er, er hätte geistig ...!

Typ 6: Der Handgreifliche
(vorwiegend in Bayern)

Er sprüht vor Humor, und du darfst ihm nicht grollen,
geht er dir mit kräftiger Hand in die Vollen!
Er findet schon Stellen zum frohen Beklatschen,
ist aber vom Grapschen und von dem Betatschen
bald völlig erledigt! Er merkt's und dann läßt er's –
und hinterher sagt er – er braucht halt was Fester's...!

Bei Fitz privat

Christl und Gerd Fitz mit ihrer Tochter Katharina. Sie lebt zusammen mit ihrem Mann, ihrem kleinen Sohn und mit ihren Eltern auf dem alten Hof der Familie.

Kochen und Essen gehören zu den leiblichen Freuden, die sich Gerd Fitz besonders gerne gönnt.

Gerne erzählen sich Gerd und Veronika Fitz Anekdoten aus ihrem Schauspielerleben. Als „Hausmeisterin“ und als Kommissär Grüner aus der „Löwengrube“ sind beide weit über die Grenzen Bayerns hinaus bekannt geworden.

Der jüngste Spross der Sippe, Enkel Paulinus. Ob aus ihm auch eines Tages ein Schauspieler wird?

Beim Dokta

Da Huber Toni muß zum Dokta,
Weil was ned stimmt mit'm Stuhlgang, sagt er.
Da Dokta fragt mit strengem Ton:
„Herr Huber, waren Sie heut schon?"
„Freili!", sagt der Toni dann.
Da Dokta ungeduldig: „Wann?"
„Um sechse!", moant da Huber schlicht
mit einem ganz unschuldigen Gsicht.
„Und gestern?", fragt da Dokta schnell.
„Um sechse a, auf alle Fäll!"
„Und vorgestern?" – „Des is doch klar,
daß i do aa um sechse war!"
„Dann stimmt doch alles, wie ich seh,
dann ist ihr Stuhlgang doch o.k.!"
„Ebn ned", sagt da da Huber drauf,
„I wach doch erst um siebne auf!"

Der Diabetiker

Da Dokta, der muaß nauf zum Girgl,
da auf sei Hüttn im Gebirgl.
Sei Frau hat gmoant, daß er so schnauft
und a in letzter Zeit ned sauft!
Des duad er nämli sonst recht gern.
Da stimmt was ned, mit diesem Herrn.

Da Dokta untersuacht den Girgl
da auf der Hüttn im Gebirgl.
Dann fragt er ihn: „Nun, guter Mann,
was ich bis jetzt so feststell'n kann,
das Bier, das lieben Sie sonst sehr!
Sie san ja Diabetiker?“

Da Girgl schnauft und sagt: „A wo,
i bin katholisch – immer scho!“

Der Abstinenzler

Gesangsnummer nach der Melodie von „Fever“

In da Früah um hoibe zehne
hob i scho an sakrischen Durscht.
I hob Hunger – und ned weni! –
auf koan Kaffee ned und a ned auf a Wurscht!
I spühr d'Sahara
in da Gurgl,
da huift hoid bei mir bloß a Bier.
Bier her! – Bloß koa Wasser!
Abstinenzler werd i nia.

Draußen in der Biergaragen,
wo niemals ein Auto nicht steht.
Park i meine vollen Flaschn,
damit der Stoff mir niemals nicht ausgeht.
Denn eigentli leb i
ganz spartanisch
bloß mit meiner Hopfendiät.
I sauf gar nix anders.
Abstinenzler mog i ned!

I bin König mit meim Leergut.
Des macht mi zum Millionär.
Und mei Dokta der sagt, „sehr gut,
du hast a Wampn grad wia a Bär."
Da drinn in meinem
Luxukörper
is statt Milz und Leber a Schwamm.
Des kann i mir leistn.
Abstinenzler de san arm!

Wird des mit dem Bier no schlimma
und i a koa Bessrung gelob,
nimmt mi a da Friedhof nimma,
i glaub hoid ned amoi als Feuchtbiotop!
Deads mi ganz einfach
naß eingrabn
Mit am Fassl Bier neben mir.
Trockn mog i ned liegn,
Abstinenzler werd I nia!

Das Fitzett (v.li.) Walter Fitz, Molly Fitz-Raffey und Gerd Fitz während einer Gesangsnummer.

Kamelireiti

Glücklich und zufrieden sind
Papa, Mama und das Kind,
weil sie durch den Zoo marschieren
mit den vielen, vielen Tieren.
Sehr beeinruckt bleib'n sie stehen,
als sie die Kamele sehen.
Plötzlich schreit der Bub, und wie:
„Kameli reiti mechert i!"
Da dreh'n sich die Besucher um.
Ja, wer schreit denn da so rum?

Doch der Bub schreit lauter noch:
„Ich möcht' Kameli reiti, doch!"
Der Papa ist ganz entsetzt,
sagt ganz streng: „Geh weida jetzt,
Kamelireiti geht doch ned
im Tierpark do, des is doch blöd!"
Der Bua aber schreit lauter no:
„Kamelireiti mecht i do!"
In dem Moment ruft die Mama:
„Wos is denn los mit dir, Papa?
Warum denn bloß des „Rumgezuckel?
Nimm du den Buam hoid auf'n Buckel!
Dann is a Ruah – und staad da Bua!"

Eine Weihnachts-geschichte

Der alte Rechtaler lebt nun seit mehr als 20 Jahren ganz alleine in einem kleinen Haus am Stadtrand. Seine Frau ist schon lange tot und sein Sohn Matthias ist nach einem heftigen Streit mit seinem Vater Hals über Kopf aus dem elterlichen Hause ausgezogen und hat zwei Jahre nichts mehr von sich hören lassen. Von Bekannten hat der Vater erfahren, daß Matthias in der Zwischenzeit geheiratet hat und mit seiner Frau und einem Kind in einem kleinen Ort in der Nähe der Stadt lebt.

Der alte Rechtaler versorgt sich alleine. Eine Nachbarin hilft ihm ab und zu, das kleine Haus sauber zu halten. Er hat sich mit seinem Schicksal abgefunden und wenn er das Grab seiner Frau besucht, erzählt er ihr immer, was sich so zugetragen hat in der kleinen Stadt und daß der Matthias immer noch nichts von sich hat hören lassen. In diesem Jahr entschließt er sich, seinen Sohn am Weihnachtsabend zu besuchen. Es ist schließlich das Fest des Friedens und da er sich alt und etwas müde fühlt, ist es an der Zeit, Ordnung in sein Leben zu bringen.

Das Wetter am Tag des Heiligen Abends ist scheußlich, nebelig und kalt. Der alte Rechtaler aber ist guter Stimmung. Er hat ein paar Geschenke für das Kind eingekauft, auch für den Matthias und dessen Frau: ein paar praktische Dinge und einen Korb mit zwei Flaschen Wein und einem Christstollen. Dann packt er noch ein kleines Bäumchen, geschmückt mit Kugeln, Kerzen und Lametta in sein bescheidenes Auto und fährt los. Der Nebel ist schlimmer geworden und die Scheinwerfer durchdringen kaum den dichten Nebelschleier. Den Weg hat er sich genau erklären lassen von Bekannten. Es ist ein kleiner Ort,ein paar Kilometer von der Stadt entfernt. Der alte Rechtaler hat sich eingeprägt, bei welcher Abzweigung er von der Hauptstraße abbiegen muß. Angestrengt starrt er durch die Windschutzscheibe. Er ist Brillenträger, und eine neue Brille mit entsprechender Sehstärke wäre dringend notwendig. Aber er denkt: Lohnt sich das noch?

Da! Die Abzweigung. Er hält kurz und versucht den Wegweiser mit dem Ortsnamen zu entziffern. Es ge-

Walter Fitz (li.) und sein Bruder Gerd um 1960.

lingt ihm kaum. Kurz entschlossen biegt er in die von Bäumen gesäumte Straße ein und fährt langsam weiter. Wird schon stimmen, denkt er sich. In diesem Augenblick sieht er zwei Scheinwerfer, die auf ihn zukommen und ihn blenden. Er stoppt sein Auto; sein gegenüber ebenfalls. Eine gespenstische Situation, wenn man nicht weiß, wer da jeweils im anderen Auto sitzt.

Der alte Rechtaler öffnet vorsichtig die Wagentüre und steigt aus. Er fröstelt in der nebeligen Nachtluft. Angst hat er keine. Schließlich hat er den Zweiten Weltkrieg als Soldat in Russland mitgemacht und viel gefährlichere Momente erlebt.

Er sieht, wie der Fahrer aus dem anderen Wagen aussteigt. Seine Silhouette wirkt groß, breit und aufrecht. Also offensichtlich ein jüngerer Mann. In dem Moment reißt der Nebelschleier ein wenig auf und er erkennt sein Gesicht. Oh Gott, das ist er ja! Er ruft, fast zärtlich: „Matthias! Matthias!“ Der erkennt ihn nun auch und geht mit schnellen Schritten auf seinen Vater zu. „Vater! Du?“ Dann umarmen sich die beiden, reden aufgeregt durcheinander. Die Nebelwand, mittlerweile wieder dichter, hüllt das Wiedersehen ein.

Matthias gesteht seinem Vater, daß er ebenfalls die Absicht hatte, ihn zu besuchen, um endlich Frieden zu schaffen. Die beiden Männer beschließen, das Wiedersehen gleich jetzt zu feiern. Der alte Rechtaler sagt: „Ich hab’ alles dabei!“ Er holt den kleinen Christbaum aus seinem Wagen, stellt ihn zwischen die zwei Autofronten, zündet die Kerzen an und aus den rauhen Männerkehlen klingt das Lied „Stille Nacht, heilige Nacht“. Die zwei Scheinwerferpaare, mittlerweile auf Standlicht geschaltet, beleuchten die ungewöhnliche Szene.

Ein später Spaziergänger sieht durch den Nebel, kaum wahrnehmbar, das Kerzenlicht und hört von Ferne den Gesang. Er schüttelt den Kopf und sagt staunend: „Wia kann ma nur an Weihnachten so bsuffa sei“. Dann strebt er mit schnellen Schritten dem hell erleuchteten Hause zu, wo seine Familie mit einer knusprigen Weihnachtsgans auf ihn wartet.

Die Künstler der Familie Fitz ... und wie sie miteinander verwandt sind.

1. Generation

2. Generation

Walter Fitz & Molly, geb. Raffey

3. Generation

Lisa Fitz

4. Generation

Nepomuk Fitz

Hans Fitz & Ilse, geb. Heirich

Josef Fitz
(Bruder von Hans Fitz)

Gerd & Christl, geb. Schmitt

Veronika Fitz

Michael Fitz

Katharina Fitz

Ariela Bogenberger
(Drehbuchautorin)

Florian David Fitz
(Großneffe von Hans Fitz)

Der Hochzeits-baum

Die bäuerlichen Figuren, die über das gesamte Buch verteilt Gedichte und Geschichten illustrieren, sind Teil eines Hochzeitsbaums, der 1931 für die Eltern von Christl Fitz errichtet wurde. Den Baum gibt es schon lange nicht mehr, doch die alten Figuren blieben erhalten und dienen noch heute als Dekoration für die Räume des heimatlichen Bauernhauses.

Herzenswärmer & Heilige Nacht

Christl Fitz beleuchtet in kurzen Szenen einige Erlebnisse aus ihrer Kindheit, die sie als Tochter eines studierten Ökonomen auf einem Bauernhof im Landkreis Miesbach verbracht hat. Den Hintergrund bildet die schwierige Zeit von 1939 bis 1948. Unbefangene Kinderspiele, Gesprächsfetzen der Erwachsenen und Dialoge zwischen der kleinen Christl und dem frechen Kurti, ihrem besten Freund, spiegeln auf unnachahmliche Weise wider, wie damals die ernste und sorgenvolle Erwachsenenwelt in der Welt der Kinder aufgenommen wurde.
Dabei schildert sie das Erlebte aus der Perspektive des kleinen Mädchens von einst. Mit diesem Kunstgriff gelingt es ihr, die damalige Zeit in einer Unmittelbarkeit zu schildern, die ohne Umweg direkt ans Herz rührt. Den Tenor bildet dabei eine unbändige Lust an der Skurilität des Alltags und ein Humor, der selbst schlimmen Erlebnissen die Spitze zu nehmen vermag. So fühlt sich der Leser bei der Lektüre dieser 15 „Herzenswärmer“ auf wunderbare Weise getröstet und mit der Welt versöhnt.

Das Buch ist durchgehend mit farbigen Aquarellen vor allem von Christl Fitz und befreundeten Künstlern illustriert. 128 Seiten, Format 17 x 20 cm, erschienen im Socio-medico Verlag & Agentur GmbH, Wessobrunn, ISBN: 3-927290-92-0. Preis: 19,80 Euro Zu beziehen über den Buchhandel und über
Atelier & Kunstblumenwerkstatt Christl Fitz,
Heigenkam 2a, 83627 Warngau, Tel.: 08021-7203,
E-Mail: fitz@kunstblumenwerkstatt.de.
Internet: www.kunstblumenwerkstatt.de

Jedes Jahr zur Adventszeit stimmt Gerd Fitz sein Publikum mit der „Heiligen Nacht“ von Ludwig Thoma auf die Weihnachtszeit ein. Diese Lesung ist jetzt, umrahmt von der Musik der „Münchner Altstadtsängerinnen und der Harfinistin Marlene Eberwein, auf CD erhältlich. Preis: 12,- Euro zzgl. Versandkosten. Bestellungen werden entgegengenommen unter Fax: 08021-909584, E-Mail: info@con-text.biz Tel. 08021-909147.